Geheim van die Kinders van die Maan

Alexander Clark

Malherbe Uitgewers Publikasie

Outeur: Alexander Clark
Omslagontwerp: Ria Richards
Voorbladfoto: Alexander Clark

Geset in Franklin Gothic 12pt

ISBN 978-1-997443-16-2
Eerste Uitgawe 2025

Lys van karakters

1. Henry Pretorius – Geoloog en voormalige S. A. Lugmagloods
2. Richelle Pretorius – Eggenote Taal- en Kultuurkundige
3. Annika Pretorius – Dogter 13 jaar, Leerling Hoërskool Kaapland
4. Alex Pretorius – Seun 11 jaar, Leerling Laerskool Voortrekker
5. Kui - Tienerseun Khwestam van die San-nasie
6. Kou'ke – Vader van Kui en leier van die Khwe San stam
7. Nyada – Kui se ma
8. Lya – Kui se jongste suster
9. Oma – Wyse ou man en Kui se oupagrootjie
10. Rietwe – Leier van die Pigmieë oerwoudstam
11. Kaggam – Toordokter van die Ubumuntana kannibaalstam
12. Ngwe - Luiperd

Hoofstuk 1

Alex skuif sy lyf, waar hy op die rotswand lê, meer gemaklik en ook sodat hy 'n bietjie meer van die oggendsonnetjie op sy rug voel. Die eensame nagtelike ure wat so stadig verbygegaan het, het hom laat bibber en die nuwe dag se effense hitte bring welkome verligting. Daar is kommer in sy oë. Hy het in sy elf jare nog nooit so alleen en honger gevoel soos nou nie.

Alex is 'n ondeunde, sproetneus, bruingebrande outjie. Hy is skraal en atleties gebou met grys-groen oë en 'n aansteeklike glimlag. Sy bruin hare is kort geknip. Hy straal 'n gevoel van optimisme, nuuskierigheid en onbeperkte energie uit, altyd gereed vir die volgende groot avontuur of ontdekking.

Hy weet dat die naderende dag, soos gister, nog baie warm gaan word. Hy het op skool geleer dat die Kalahari 'n uitgestrekte semi-woestyn is wat oor gedeeltes van Botswana, Namibië en Suid-Afrika strek. Dit is 'n streek met eindelose rooi sandduine en yl plantegroei. Water is hier skaars en kosbaar. Anders as ware woestyne, kry dit tog 'n bietjie reën, wat dit moontlik maak vir grasse, akasiabome en geharde struike om saam met diere soos veldmuise, meerkatte, spring- en ander bokke en aardvarke te floreer. Daar is natuurlik ook gevaarlike wilde diere soos leeus, luiperds, hiënas en olifante. Reptiele soos slange, skerpioene en akkedisse is oral te vinde. Dit is veral teen slange soos die Kaapse kobra en die pofadder wat enige inwoner van die Kalahari jou sal waarsku.

Alex se oog val juis op 'n swart skerpioen wat tussen die blare en takkies op die grond krabbel. Die stertjie is omhoog en hy, soos Alex, is waarskynlik honger en op soek na iets om sy maag te vul. Alex weet dat skerpioene eintlik die donker verkies en dit is daarom dat die klein jagtertjie nou so versigtig, al in die skadu, van rots tot rots beweeg. Hy moet seker maak dat hy nie nou in die helder oggendson sy vyande se aandag trek nie. Hy let veral op na roofvoëls en vir honger meerkatte. Hy het reeds gister, naelskraap, van 'n onderonsie met een van die blitsige meerkatte ontsnap deur net betyds by 'n nou klipskeur in te glip.

Met sy knypers voor hom uitgestrek en sy stert omhoog, sluip die skerpioen geruisloos voort. Sy pootjies laat skaars 'n merk in die sand. Die skerpioen maak op sy skerp sintuie staat om fyn te kyk en te luister. Die geringste trilling in die grond is vir hom, deur die sensitiewe hare aan sy lyf en voete, waarneembaar. Hy het lanklaas iets te ete gehad en hy weet dat hy vandag prooi en water moet vind om die genadelose woestyn se gevare te oorleef.

Nou lê die skerpioen weer doodstil en druk sy lyf plat teen die aarde. 'n Mollige kriek, weggesteek tussen die kort gras, het sag, tog vir die skerpioen hoorbaar, getjirp.

Die skerpioen kruip dan stadig, doelbewus vorentoe.

Hy wag vir die perfekte oomblik. Sy giftige stert lig effens en dan met 'n blitsvinnige beweging, slaan hy toe

Die kriek wriemel vir 'n oomblik, en raak dan stil. In die rustige oggend was die skerpioen se jag suksesvol en hy is dankbaar dat hy nie vandag honger sal ly nie.

Die waaksaamheid van die skerpioen moet ook vir ons 'n les wees, dink die sproetgesig. Ons moet nie vergeet van die wilde diere wat in hierdie semi-woestyn leef nie en dat as mens nie al jou sintuie inspan nie, kan jy dalk gou die prooi van een of ander honger ongedierte word. Alex sluk swaar as hy aan al die gevare dink wat die uitgestrekte woestyn inhou en hoe weerloos hy en sy suster, Annika, eintlik is. Hy spits sy ore en luister fyn. Alles is nou doodstil. Die veraf gebrul van leeus wat hy in die nag gehoor het, is ook nou stil.

Die son begin sterker skyn. Alex het sy waterbottel by hom en hy neem 'n klein slukkie van die lou-warm water. Sy ouers het hom gewaarsku dat water in hierdie wêrelddeel baie skaars is en bewaar moet word.

Hier waar hy nou op die rotsbank lê, is daar is 'n bekommerde uitdrukking op sy gesig as hy terugdink aan die gebeure van die afgelope tyd. Dit is reeds drie dae sedert die Pretorius-gesin hulle reis na die noorde aangepak het. Hy kan amper nie glo nie dat daar, in die kort tydjie, so baie dinge, sommige goed en ander nie so goed nie, met hulle gebeur het.

Alex se pa, Henry, het besluit om 'n diamantafsetting in die omgewing van Omaruru in die noorde van Namibia na te vors. Hy is 'n geoloog van beroep en oorweeg dit om self 'n myn te ontwikkel en te bedryf. Hy wil egter eers met 'n vriend, wat die eienaar van 'n mynmaatskappy in Gaborone, Botswana is, gesels om meer inligting oor die vulkaniese pype, wat baie keer diamante dra, te kry.

Omdat dit skoolvakansie is, was dit moontlik dat Richelle, Henry se blonde, avontuurlustige vrou met die wakker blou-groen oë, en ook Alex en Annika, hulle twee kinders, kon saamgaan. Richelle stel intens in die aard- en taalwetenskappe belang en het die geleentheid aangegryp om die reis na die onbekende wêrelddeel mee te maak. Annika is nou dertien jaar oud, 'n bietjie meer as twee jaar ouer as Alex. Die twee kinders het met heerlike afwagting uitgesien na die ongewone vakansie wat belowe het om 'n wonderlike avontuur te wees.

Min het hulle geweet dat die groot avontuur byna die einde van hulle gesin sou beteken.

Lomerig in die sonnetjie, dink Alex weer terug aan die onlangse gebeure. Hy beleef in sy gedagtes weer die opgewondenheid wat hy gevoel het toe hulle vroeg daardie oggend op die Kaapse lughawe aangekom het ...

4

Alex snak na sy asem toe hy die vliegtuig, 'n sessitplek- Cessna 340, waarmee hulle sal reis, reeds ten volle voorberei, op die teervlak sien staan. Hy staan in verwondering toe hy vir die eerste keer onder die pragtige silwer en blou vliegtuig, wat so skerp in die oggendson blink, opkyk. Dit is nogal heelwat groter as wat hy hom voorgestel het. Die Cessna se vlerke, met die ingeboude twee turboaangedrewe enjins, strek wyd van die vaartbelynde romp af. Dit laat 'n indruk van krag maar ook van grasieusheid. Hy sien dat die vliegtuig se kleurvolle stert hoog die lug in toring en dat dit 'n lang skaduwee oor die teerblad werp. Die geur van teer en brandstof vul sy neus.

"Kan dit werklik waar wees dat ons binnekort in die lug sal wees en dat ons die onbekende wêreld gaan binnevaar," fluister hy saggies vir Annika, "of is dit net 'n mooi droom?"

"Die vliegtuig is so mooi, dit lyk soos 'n pragtige swaeltjie!" roep Annika uit.

"Hoe vinnig kan die vliegtuig vlieg, Pappa, en hoe hoog?" borrel Alex se nuuskierige vrae uit.

Henry verduidelik geduldig dat die vliegtuig, met sy twee kragtige enjins, een van die mees moderne en betroubare ligte vliegtuie is. Alex se oë rek toe hy hoor dat die vliegtuig se spoed 'n blitsige 450 kilometer per uur op 'n hoogte van 6 000 meter is.

"Alle magtie," dink Annika hardop, "en ek het geglo dat 120 kilometer per uur in Pappa se kar vinnig is!"

"Die vliegtuig is ook goed afgewerk, gemaklik en is toegerus met al die moderne instrumente en hulpmiddele wat 'n loods nodig het. Dit het ook 'n groot reikafstand wat belangrik is vir die lang afstande wat ons nog sal moet aflê," verduidelik Henry glimlaggend verder.

Met al hulle tasse, kos, kamptoerusting en gereedskap wat vinnig in die bagasieruim gepak is, is dit 'n japtrap voordat Henry die vliegtuig se enjins laat dreun en kan hulle stadig na die verste punt van die aanloopbaan beweeg.

Daar aangekom laat Henry, met toestemming van die beheertoring, die kragtige enjins oorverdowend brul en die vliegtuig begin vinnig spoed optel. Hulle snel by die merkers op die aanloopbaan verby en dan voel hulle hoe die wiele die grond verlaat en hoe die vliegtuig in die skielike stilte, grasieus in die klam oggendlug opstyg. Die steil helling en spoed waarteen hulle opstyg, laat dit vir hulle voel of hulle mae agterbly.

"Nou is die swaeltjie in sy element!" roep Annika uit en sien deur die venster hoe die wolke by hulle verbyswiep en dan ook hoe Tafelberg kleiner word en, eindelik, in die oggendmis verdwyn.

Henry draai die vliegtuig se neus behendig in 'n noord-oostelike rigting en stel die instrumente sodat hulle op Gaborone in Botswana afstuur ...

Alex onthou nou verder dat hulle in Gaborone 'n rustige aand by Henry se vriende deurgebring het en vroeg die volgende oggend, na 'n heerlike ontbyt van spek, eiers en vars gebakte brood en plaasbotter, was hulle weer in die lug en op pad na hulle bestemming in die noorde van Namibië.

Na 'n kort tydjie in die lug het die aarde onder hulle begin verander en het almal die prag van die uitgestrekte, woestynagtige, Kalahari landskap sien oopvou ...

"Haai julle!" roep Alex uit, "is dit nie twee leeus wat daar in die droë sandsloot afstap nie?"

"Ja!" bevestig Richelle terwyl sy met 'n verkyker die grond bespied. "Dit is sowaar die koning en koningin van die diere wat so statig daar stap, hulle is waarskynlik op 'n jagtog. Hulle kleur is so na aan dié van die sandduine, dat mens hulle amper nie kan uitken nie."

"Dit is soos Moeder Natuur haar kinders beskerm," is Henry se mening. "Dit is soms net wanneer 'n dier beweeg dat mens hom raaksien."

Die kinders geniet elke oomblik van die vlug en gesels aanhoudend oor die asemrowende tonele wat onder hulle vlerke verbyglip.

"Vir my is kameelperde die mooiste diere." sê Annika terwyl sy vier volgroeide kameelperde en 'n kalfie op die grond gewaar.

"Ja, hulle is pragtige en baie besondere diere," verduidelik Richelle terwyl sy die mandjie met padkos nadertrek. "Weet julle dat kameelperde se oë so saamgestel is dat hulle, soos die van mense, kleurvisie het?"

Alex se maag grom kliphard toe hy die biltong-, kaas- en tamatietoebroodjies sien. Dit voel vir hom asof hy eeue laas iets te ete gehad het.

"Net soos in die geval van mense se vingerafdrukke waar twee mense se vingerafdrukke nooit dieselfde patroon het nie, is daar nie twee kameelperde met presies dieselfde kolle op hulle lywe nie! Die kolle is baie belangrik vir hulle kamoeflering," lig Richelle die kinders verder in.

"Waarom is hulle nekke dan so lank?" wonder Alex net voordat hy nog 'n reuse hap van sy toebroodjie vat.

"Hulle is baie lief daarvoor om die fyn blare en takkies, wat hoog in bome en veral doringbome groei, te eet en te herkou. Wanneer die kleiner boksoorte die gras en laer boomblare opgeëet het, is daar altyd nog blare bo in die bome wat verseker dat kameelperde altyd kos het," verduidelik Richelle verder terwyl sy vir Henry 'n koppie koffie ingooi.

"Hulle nekke is soms meer as twee meter lank, maar, ten spyte daarvan het 'n kameelperd, net soos ander soogdiere, nog steeds net sewe nekwerwels. Die nekwerwels self is net baie langer as gewoonlik."

Die kameelperde skrik skielik vir die vliegtuig se dreuning en hardloop vinnig weg.

"Hulle lyk vir my so lomp as hulle hardloop," sê Alex met 'n mond vol kos.

"Dit lyk maar vir jou so, ou seun," sê Henry, en vat 'n sluk van sy geurige koffie. "Hulle kan tot vyftig kilometer per uur hardloop as dit werklik nodig is. Hoewel kameelperde nie gewoonlik aggressief is nie, kan hulle baie hard met hul voor- en agterpote skop wanneer hulle aangeval word."

"Sjoe, Pappa, hulle sal 'n mens seker morsdood kan skop!" sê Annika."

"Hulle sal verseker kan! Leeus maak soms op kameelperde jag, maar hul dik vel, geweldige krag en die dodelike skoppe wat hulle met voor- en agterpote kan uitdeel, maak van hulle gevaarlike prooi wat hulle self goed kan verdedig."

Bo, teen die horison, sien hulle later verskeie wolke saampak.

"Dit is niks om bekommerd oor te wees nie," stel Henry hulle gerus toe Alex sy pa se aandag op die grys wolke vestig. "Dit is maar net 'n paar wolke – en die radar wys dat ons in alle waarskynlikheid bo-oor hulle sal kan vlieg."

Dit is egter nie baie lank nie of mistige wolkies begin by die vliegtuig se vensters verbyflits. Agter dié miswolke gewaar hulle nou donkerder wolke.

"Dit lyk vir my of daar reën in daardie agterste wolke is, Pappa." sê Alex.

"Ja, dit is cumulonimbus-wolke." sê Henry fronsend.

"Ek het nog nooit daarvan gehoor nie, wat beteken dit?" vra Alex nuuskierig.

"Dit is die naam wat gegee word aan die hoë donderwolke. Die Latynse oorsprong van die woord "cumulo" beteken opgeswel of opgestapel en "nimbus" beteken wolke. 'n Kombinasie van die twee woorde dui op reënwolke.

Henry noem dit nie aan Alex nie, maar hy weet dat dié wolke tipies gevorm word uit waterdampe wat in die laer troposfeer kondenseer en wat tot geweldige hoogtes opbou. Binne die wolke is daar gewoonlik kragtige lugstrome wat selfs in tornados kan ontwikkel en swaar reën en hael laat val. Dié wolke toring soms so hoog die lug in dat mens dalk nie met hierdie vliegtuig oor hulle sal kan vlieg nie, dink hy bekommerd.

Die donker wolke, waarin weerligstrale nou aanhoudend speel, kom kommerwekkend vinnig nader en hulle kan die gordyn van reën agter die storm op die aarde sien val. En dan, waar hulle een oomblik nog in helder sonskyn was, is hulle skielik toegevou in 'n wolkegordyn.

Buitekant die vliegtuig se vensters troon die wolke soos massiewe kranse bo hulle uit. Die digte reënbelaaide wolke het ook die uitsig na die aarde vlietend laat kom en gaan en later heeltemal afgesny. Die lugruim word ook, toenemend, deur helder weerlig verlig. Die onstuimigheid buite het die vliegtuig al hewiger geskud en onverwags laat styg en dan weer daal.

Die aanhoudende gedonder van die weer is later harder as dié van die vliegtuig se enjins. Reëndruppels en fyn haelkorrels, deur die sterk wind aangedryf, begin teen die vensters spat. Tot hulle kommer neem die intensiteit van die storm steeds toe en die passasiers moet later, vir al wat hulle werd is, aan handvatsels en hulle stoele vasklou terwyl hulle hulle veiligheidsgordels stywer vastrek. Hulle kan net grootoog na die gietende reën en die rou krag van die natuur staar.

Henry se vingers klem die vliegtuig se stuurstang styf vas terwyl hy hard veg om die vliegtuig onder beheer en op koers te hou. Hy het ook die vliegtuig se kajuitligte afgesit sodat elke greintjie krag vir die enjins beskikbaar sou wees.

Alex onthou nou weer hoe hulle, in die stikdonker, die gloed van die vliegtuig se vlerkligte spookagtig deur die nat vensters sien blink het.

Annika het vreesbevange begin huil. "Pappa gaan ons vliegtuig val?" het sy beangs gevra.

Gewoonlik sou Henry vir Annika paai en moed inpraat, maar hierdie keer was hy stil terwyl hy met die slingerende vliegtuig en die elemente worstel ...

Richelle en Alex hou sy sussie styf vas en troos haar. "Hy het al in die verlede die storm stilgemaak en Hy sal dit weer doen – ons is nie alleen nie ..." sê Richelle. Alex is self maar baie bang vir die tierende elemente maar hy probeer sy bes om dit nie te wys nie.

Na, wat vir die Pretoriuse soos 'n ewigheid voel, is dit asof daar 'n effense vermindering in die felheid van die storm kom. Die aanhoudende hemelblitse begin ook afneem en die tussenposes waar hulle die grond kan sien, word geleidelik langer. Richelle en die kinders begin stadig ontspan. Die tonele wat pas voor hulle oë afgespeel het was vir almal skrikwekkend, maar tog betowerend en hulle besef dat hulle 'n seldsame geleentheid gehad het om die wonder, grootheid, mag en krag van die natuur te aanskou. Die son begin ook deurbreek toe die wolke meer deursigtig raak en die tropiese storm verbytrek om welkome reën elders oor die droë aarde uit te giet.

"Wel, ons het ons vuurdoop gehad en ons en die vliegtuig is veilig daardeur," sê Henry. Hy slaak 'n sug van verligting terwyl hy die instrumente voor hom versigtig deurkyk.

"Dankie Pappa, jy is ons held," koor die kinders, jy het ons veilig deur daardie kwaai storm gebring!" Hulle lag en gesels en is bly om van die spanning ontslae te raak.

Maar, ongelukkig, is hulle rustigheid van korte duur. Hulle vlieg nog deur los wolke toe hulle, onverwags, verskeie harde slae hoor en die vliegtuig steier opnuut en kantel weer gevaarlik na een kant toe.

"Ons het in 'n swerm wilde eende vasgevlieg!" prewel Henry terwyl sy vingers die stuurstang weer stewig vasgryp.

"Siestog, arme eende!" roep Annika, diereliefhebber wat sy is, uit.

"Ek hoop net dat die enjins nie beskadig is nie," sê Henry, fronsend, met nuwe kommer.

Hy het die vliegtuig gou weer onder beheer, maar Alex kan hoor dat die dreuning van die enjins minder egalig is.

Richelle en die kinders loer grootoog na mekaar toe die enjins begin sluk en stotter en dan, skielik, heeltemal stil raak. Die vliegtuig begin sweef daarna, byna geluidloos, en tot almal se angs, afwaarts deur die lug.

"Ons sal 'n plat stukkie aarde moet soek om te land!" roep Henry uit en almal loer hoopvol by die vensters uit na die duin- en klipbesaaide aarde onder hulle.

"Die enigste oop gedeelte wat ek kon sien, Pappa, is daar by die rivier waar dit die esse maak," onthou Annika.

Dit is normaal dat 'n rivier, wat oor plat aarde loop, kronkel en wye draaie of esse maak. Wanneer die rivier dan in vloed afkom, vat die watermassa sommer kortpad oor die esse en spoel dan groot gedeeltes aarde skoon van bome en ander versperrings.

"Ek onthou dit ook – dit is die enigste plek waar ons sal kan land," fluister Henry sag vir Richelle langs hom. "Met die hoogte en spoed waarteen ons nou sweef kan ons nog omdraai en, met hulp van bo, miskien net daar uitkom."

Sodat hy nie veel spoed of hoogte verloor nie, beur Henry versigtig aan die stuurstang en die swewende vliegtuig draai dan weer terug in die rigting van die rivier. Hulle het, soos hy gehoop het, nog genoeg hoogte en spoed wat toelaat het dat hy die vliegtuig in die rigting van die grootste gedeelte oopgespoelde grond langs die rivier kan stuur.

Sonder die enjins se krag kom Henry agter dat hy nie die vliegtuig se wiele heeltemal kan ontplooi en in plek sluit nie. Die flappe aan die vlerke, wat die vliegtuig moet stabiliseer en die landingspoed moet verminder, wil ook nie ontvou nie. Die enigste voordeel dat die enjins stilstaan, is dat die skroeflemme nie te seer sal kry wanneer die vliegtuig die grond tref nie, flits dit deur sy gedagte.

Alex sien dat sy pa se vingers wit om die stuurstang klem en dat daar sweet op sy voorkop uitslaan. Henry bly egter kalm. Hy stuur die vliegtuig versigtig tussen verskeie hoë bome deur en, om hoë rotse te vermy, laat hy die vlerke van kant tot kant kantel. Hy weet dat hy die helling waarteen hulle daal so vlak as moontlik moet hou sodat die vliegtuig eerste op sy buik met die grond kontak maak en sodoende, skade aan die vlerke en enjins vermy.

Dan, vooroor gebuig en met asems opgehou en hulle arms om hulle koppe, wag die passasiers dat die vliegtuig die aarde moet tref. En dan gebeur dit ook en die vliegtuig ploeg deur die riviersand. Dit bokspring 'n paar keer hoog en dan maak weer hard met die aarde kennis. Die los riviersand help egter om die vliegtuig te rem en hulle spoed het reeds baie verminder toe hulle 'n dwars sloot, na-aan die water, tref. Dit laat die vliegtuig in die rondte tol en toe, knarsend, tot stilstand bring. Die blou en silwer swaeltjie wat netnou nog so grasieus deur die lug gesweef het, staan nou, kragteloos in digte stofwolke gehul.

Daar is 'n doodse stilte – net die getik van metaal wat stadig afkoel.

"Is almal veilig?" vra Richelle bekommerd.

"Ja, ons is reg, Ma" kom dit van die kinders, maar Henry kreun. "My been het nogal seergekry!" sê hy tussen sy tande deur.

"Ons moet so vinnig moontlik uitkom in geval van brand!" waarsku Richelle dringend terwyl sy beur om die kajuitdeur oop te kry. Alex en Annika sit dadelik hand by en gou is die deur oop en hulle kan uitklim en grond toe spring.

Hulle maak ook vir Henry so gou moontlik, maar baie versigtig, uit sy veiligheidsgordel los en help hom tot op die sanderige grond.

"Dankie ons Vader vir U genade!" stuur Richelle 'n dankgebed op. "Ons is dankbaar dat ons oorleef het."

Die vliegtuig het, genadiglik, nie aan die brand geraak nie.

Almal is egter bekommerd oor Henry se been. Alhoewel dit nie gebreek is nie, kan Henry glad nie op die been trap nie. Richelle vermoed dat die spiere dalk gekneus of geskeur is. "Ons sal met 'n dokter moet probeer kontak maak." sê sy.

Daar is egter 'n frons op Henry se voorkop. "Volgens die kaarte waarna ek gekyk het, is hierdie waarskynlik die Okwarivier wat bykans die enigste rivier in hierdie droë omgewing is. Die storm moes ons heelwat noordwaarts van koers gedruk het. Ek is jammer om dit te sê, maar hier is ongelukkig geen dorp of beskawing naby nie," sê hy mismoedig terwyl hy sy been meer gemaklik laat lê.

"Hier is genoeg water, maar ons probleem is dat ons nie lank met die kos wat ons saamgebring het, sal uitkom nie." sê Richelle.

Na herhaalde pogings om radioverbinding met 'n radiostasie of ander persoon kontak te maak, ontdek hulle, tot hulle verdere ontsteltenis, dat die vliegtuig se radio beskadig, en ongelukkig, tans nutteloos is.

Die kommerwekkende omstandighede waarin hulle hulle bevind, begin stadig insink. Almal sit verslae en in stilte en wonder of hulle ooit weer ander mense sou sien.

Annika se onderlip bewe en die ander kan sien dat die trane van kommer baie vlak lê.

"Vasbyt outjies!" sê Henry egter vertroostend. "Ons gaan nie moed opgee nie. Ons moet net eers 'n veilige rusplek vir die nag vir ons inrig. Dan kan ons in die oggend weer dink oor wat ons kan doen."

Alex onthou nog goed hoe hulle gesukkel, gegrawe en gesweet het, en uiteindelik daarin geslaag het om die gekantelde vliegtuig weer min of meer gelyk op sy buik te kry sodat hulle kon inklim en die kajuitdeur agter hulle kon toemaak. Dit het hulle ten minste verseker van 'n plek waar Henry kon lê en, vir die ander, 'n ongemaklike, maar veilige slaapplek vir die nag ...

Daardie aand, om 'n kampvuurtjie, en onder die prag van 'n sterrehemel, is almal maar stil. Verlangs kan hulle die gebrul van leeus hoor en elke nou en dan die plons van 'n krokodil of van 'n seekoei wat in die donkerte gaan kos soek het.

"Ons sal moet mooi kyk na ons kosvoorraad," roer Richelle weer die teer sakie aan terwyl sy in die rigting van die beperkte voorraad loer. "Ons het genoeg kos om net 'n paar dae te hou."

"Ons het darem ons visstokke, ons sal moet kyk of ons nie 'n vis of twee in die hande kan kry nie." probeer Henry om die kommer te verlig.

"Die rivier se water lyk nie vir my skoon nie. Ons sal dit moet kook voordat ons dit kan drink," sê Annika nadenkend.

"En ons kan ook in die sand grawe om skoner water te kry," vul Alex aan.

Na 'n rukkie, breek Henry die stilte: "Mense, ek is so jammer dat ons nou in hierdie ongemaklike situasie is. Daardie groot storm het ons planne heeltemal omgekrap, maar, ek is steeds vol vertroue dat ons op een of ander manier hier sal uitkom en weer na die beskawing sal kan terugkeer. Wees dapper, en weet verseker dat die Here altyd met ons is."

Hulle pa se rustige woorde en sy stil geloof laat nuwe moed en hoop by die kinders ontstaan.

Hulle dringendste probleem is steeds om Henry van die pyn in sy been te verlos en om medisyne vir hom in die hande te kry. Hulle weet dat die besering tot ontsteking kan lei en daarom is dit 'n uitgemaakte saak dat hulle eenvoudig weer met die buitewêreld móét kontak maak.

"Pappa, ek kan onthou dat ons, 'n tydjie terug, oor 'n paar San-mense se hutte gevlieg het waar ons dalk hulp kan kry," sê Annika. "Ons was toe nog in die lug, maar dit was nie te lank voor die ongeluk gewees nie en daarom kan dit mos ook nie te ver hiervandaan wees nie."

Hulle sit nog lank langs die vuurtjie oor hulle probleme en nagedink. Hulle bespreek en oorweeg elke opsie deeglik. Uiteindelik, baie teësinnig, besluit hulle dat Richelle en Henry by die vliegtuig sou bly terwyl Annika en Alex die volgende oggend probeer kontak maak met die San-mense, of met enige ander mense wat hulle kan bystaan.

Hoofstuk 2

Waar hy nou op die rotswand lê, wonder Alex wat van Annika geword het. Toe die twee kinders gisteroggend hulle ouers gegroet het en koers ingeslaan het in die rigting van, wat hulle gedink het die San-mense se hutte lê, het hulle die heeldag gestap maar geen teken van mense gekry nie.

Annika het gisteraand, toe dit werklik begin donker word, onrustig geword in die klipskeur waar hulle skuiling gesoek het. Omdat sy bang vir kruipende insekte en goggas is, het sy besluit om liewer in die takke van 'n ou boom te klim waarin sy, na haar mening, buite gevaar van diere en insekte sou wees. Sy het, bo en behalwe haar waterbottel, 'n sakkie met biltong en beskuit by haar. Sy en Alex sal, vir 'n kort tydjie, hulle honger en dors daaruit kan stil.

"Annika! Annika!" roep Alex.

"Waar is sy dan?" wonder hy hardop terwyl hy bo van die rotswand afsukkel tot op die sanderige grond. Die son is reeds 'n tydjie op en hy vermoed dat sy ook nou al wakker sal wees.

"Hallo, hier is ek, Alex." kom 'n slaperige stem uit die ou boom wat 'n entjie van die klipplaat af groei.

"Het jy nog ietsie om te eet?" vra Alex.

"Ja, ek kom nou daar na jou toe. Is jy Ok?"

Alex voel nie so baie OK nie, maar hy antwoord: "Ja, Sus, net honger."

Annika is nou 13 jaar oud. Sy is 'n sterk, leniggeboude meisie. Haar blonde hare wissel van 'n ligte, amper goud kleur tot 'n warm heuningtoon. Dit val in sagte golwe tot onder haar skouers. Haar blou-groen oë is treffend.

Sy het van kleintyd af 'n sterk gevoel van verwondering en nuuskierigheid oor die doen en late van die wêreld en die gebeure om haar. Dit is waar dat sy haarself soms in dagdrome verloor, maar sy kan ook 'n vasbeslote, praktiese persoon met 'n sterk wil wees wat nie bang is om haar drome na te jaag nie. Almal wat haar ken weet dat 'n vonk van vasberadenheid maklik in haar oë verskyn. Haar omgee-geaardheid vir mense, en veral diere, en haar aantreklike glimlag, maak haar by almal gewild en geliefd.

Annika het met 'n stywe en seer lyf by Alex aangesluit. Sy het in die nagtelike ure maar min geslaap en is steeds lomerig. Die kinders is egter dankbaar dat hulle die nag veilig deurgekom het. Hulle eet, baie spaarsaam, van die biltong en beskuit.

"Ons het gister so ver oor die duine gestap en geen teken van mense of van kos of van water gekry nie," sê Alex mismoedig. "Sal ons nie maar omdraai en teruggaan rivier toe nie?"

Hulle oorweeg, in alle erns, die voor- en nadele van wat hulle moet doen.

"By die rivier sal ons moontlik nie omkom van honger en dors nie," som Annika eindelik op, "maar, onthou, daar is ook nie hulp vir Pappa se besering nie."

Die kinders het nie 'n idee van hoe ernstig Henry se besering is nie en dit laat hulle besluit om maar voort te gaan om hulp te gaan soek.

Die son begin reeds warm word en hulle neem net klein slukkies water.

Op die verre horison sien hulle later iets wat soos 'n blou skaduwee lyk.

"Is dit 'n lugspieëling of kan dit dalk 'n bergreeks wees?" wonder Annika. "Kom ons mik daarheen," fluister sy en hulle pas hulle koers effens aan en begin in dié rigting stap.

"As dit berge is, is daar dalk water en bome," meen Alex hoopvol.

Daar is, vir sover hulle kan sien, niks anders wat die golwende uitgestrekte eentonigheid van die droë sandvlaktes versteur nie.

Die son begin nou genadeloos op die Kalahari se goue sande brand en die sweet tap die kinders behoorlik af. Die sandsee strek voor hulle uit en dwarrelwinde jaag kort - kort stofwolke op wat hulle oë laat traan. Daar is gelukkig darem hier en daar 'n enkele doringboom wat 'n yl skaduwee oor die sand gooi. In die effense skaduwee kan hulle 'n bietjie rus en asem skep.

Teen die middag is die kinders egter heeltemal uitgeput. Hulle lippe is droog en gebars en hulle haal moeisaam deur hulle monde asem, want hulle neuse bly vol stof.

"Ai tog, sal ons ooit by enigiets uitkom? Dit voel vir my of ons al vir ewig stap sonder om enige vordering te maak." sê Annika moedeloos.

Alex hoor haar, maar het nie 'n antwoord nie.

Ten spyte van die kinders se moegheid, besef hulle dat hulle eenvoudig moet voortgaan want, as hulle opgee, sal dit waarskynlik nie net hulle eie lewens kos nie, maar ook die van hulle ouers. Hulle beur dus voort, hulle gedagtes gelei deur 'n hoopvolle droom van boomryke berge en van water waar daar mense is.

Dan kom die twyfel weer in hulle op. Is dit werklik berge wat so in die verre dynsigheid wegkruip, of is dit net 'n lugspieëling?

Die genadelose son het die lug 'n helder, ononderbroke blou geverf en daar is nie 'n enkele wolk in sig om die hittegolwe effens te versag nie. Annika struikel skielik in die los sand, haar bene wankel onder haar en sy sak op haar knieë neer. Met 'n bekommerde frons, hurk Alex langs haar. Hy vee haar gesig saggies met die rand van sy hemp, wat hy met 'n bietjie water nat gemaak het, af.

"Kom Sussie, ons moet op, jong, ons moet aangaan!" sê hy deur gebarste lippe.

Terwyl hulle deur die skroeiende sand aanstruikel, sien Alex 'n beweging onder 'n akasiaboom.

"Wat is dit daar onder die boom in die skaduwee, Annika?" vra hy.

Hulle stap versigtig nader en sien dat dit 'n jong luiperdwyfie is wat stil op haar sy lê. Sy hyg na asem.

Sy het 'n diep ontsteekte snywond aan haar agterbeen. Die vlieë pak daarop, maar sy kom dit nie agter nie.

"Dit lyk vir my of ander diere, dalk hiënas, haar aangeval het," fluister Alex sag. Hy het al gehoor van die wreedheid van die lafhartige diere en is maar skrikkerig vir hulle.

"Siestog, ons moet haar help," fluister Annika terug.

Haar hart gaan uit na die beseerde dier wat so swaar asemhaal.

"Jong, dit is te gevaarlik – 'n gewonde dier is baie gevaarlik!" keer Alex vinnig.

Dit is egter asof die luiperdwyfie die kinders se welwillendheid aanvoel en sy kyk hulle net met pyngevulde oë aan. Annika gooi 'n bietjie van haar kosbare water in haar hand uit en hou dit voor die wyfie se mond. Die dier lek dit gretig op. Met hul bietjie noodhulpkennis begin die kinders die wond versigtig skoonmaak met water uit hul krimpende voorraad. Om die vlieë weg te hou verbind hulle die been met 'n verband wat hulle uit Alex se hemp skeur. Annika kan sien dat die dier koorsig is. Die luiperd bly egter kalm en lê doodstil, dit is net haar goue oë wat elke beweging van die kinders dophou.

Stadig en genadiglik begin die son ook nou in die weste daal. Die kinders deel die laaste bietjie van hulle biltong en water met die luiperd. Hulle wonder in stilte of hulle ooit weer hulle ouers sal sien of met hulle klasmaats sal kan gesels.

Soos die skemer toesak, begin die woestyn se temperatuur vinnig daal. Annika en Alex sit later teenaan mekaar vir 'n bietjie hitte. Die luiperd bly steeds rustig en dit wil voorkom of sy die kinders vertrou, want dit lyk vir hulle of sy aan die slaap geraak het. Annika glimlag verlig toe die luiperd haar kop optel en haar hand lek.

Dit raak al donkerder en dit is later net die maan en die ontelbare, flonkerende sterre bo in die hemel wat die donker uitgestrektheid van die woestyn effens verlig.

"Moenie bang wees nie, Sussie – ons is nie alleen nie – onthou wat Pappa gesê het." sê Alex en daar kom weer 'n gevoel van hoop in die kinders se harte op.

Die volgende oggend, lank voor sonop, word hulle wakker toe die luiperd saggies grom. Hulle hoor ook die sagte geknars van voetstappe in die los sand. 'n Donker figuur kom uit die duister nader, en hulle is dankbaar en bly toe hulle sien dat dit die silhoeët van 'n mens is.

"Wie is jy?' vra Alex skrikkerig.

"Ek is Kui," kom 'n vriendelike stem. "Ek is van die Khwe nasie – die mense ken ons ook as die San." vertel hy verder. "Ek het gaan jag en is nou op pad terug na my tuiste waar my mense vir my wag. Ek is nou al twee dae in die veld en my ouers en my suster wonder seker al wat van my geword het." Sy skerp oë het vinnig die toneel ingeneem – die moeë, deur die slaap, kinders en die beseerde luiperd.

Waar kom die mense vandaan? wonder hy.

Die kinders is oorstelp van verligting en is dankbaar om hom te sien.

"Hallo, Kui!" roep Alex uit.

"Ons is bly om jou te sien," glimlag Annika, "ons is ook al lank in die woestyn en ons het verdwaal en is op soek na mense waar ons dalk hulp kan kry om ons ouers te red. Ons vliegtuig het naby die rivier geval en my ouers wag daar vir ons," borrel dit by haar uit.

"My pa is beseer," voeg Alex by, "hy kan nie loop nie en ons moet medisyne vir hom in die hande kry."

Kui kry die kinders, wat hy weet nie in die woestyn sal oorleef nie, uit sy hart jammer. Hy sien aan hulle spore dat hulle in die rigting van die berge gestap het en nie in die rigting van sy mense se kamp nie.

"Kom saam met my," sê hy.

"Ons kan amper nie meer loop nie, Kui," mompel Alex sag, "het jy nie dalk nog 'n bietjie water nie?"

"My water is ook gedaan," sê Kui, "maar ek weet waar daar water is. Kom saam, dit is nie ver nie."

Hulle staan styf op en stap agter Kui aan. Die luiperdwyfie het ook opgestaan en moeisaam, agterna gestap.

Na 'n tydjie kom hulle by wat vir die kinders lyk na 'n oënskynlike verlate paar bossies. Die bossies lyk net soos enige ander in die omgewing. Kui gaan sit plat op die grond en begin langs 'n bossie grawe. Dit was nie lank nie, of hy grawe vier volstruiseiers onder die grond uit. Hy skud hulle. Ja, mens kan hoor dat daar water in is.

"Ons is gered!" juig Alex en Annika se ogies kry skielik lewe. Trane van dankbaarheid maak spore oor die vuil gesiggie.

"Moenie te veel drink nie," waarsku Kui nadat hy die proppies van klei op die eierdoppe afgekrap het, "anders kry julle krampe in die maag."

Nadat hulle, en ook die luiperdwyfie, hulle ergste dors geles het, vra Annika onskuldig: "Hoe het jy geweet van die water, Kui?"

"Die water is ons stam s'n 'Nika." En toe vertel hy dat water vir San-mense die mees kosbare lewensmiddel is en dat hulle oral in die woestyn water wegsteek om hulle dors te les wanneer hulle moet gaan jag.

"Water is baie skaars in die woestyn, maar mens hoef nie om te kom van dors en honger as jy die woestyn se geheime ken nie," sê Kui.

Die San-mense is baie geheimsinnig oor waar hulle hulle water wegsteek. Hulle trap, byvoorbeeld, nooit 'n duidelike pad uit na hulle versteekte opslagplek nie en sorg dat nuwe spore uitgevee word.

"Ons kry ook water uit die wortels van die "Bi" plant, maar die plant is nie volop in dié streek nie. Soms is daar klein bronne water dieper onder die sand. By sulke plekke waar ons vermoed water kan wees as gevolg van bosse wat daar groei, grawe ons 'n gat. Ons steek 'n uitgeholde riet in die gat en die gat word dan met klippe toegepak. Bo-oor word grond gegooi, sodat net die bopunt van die riet kort bokant die grond uitsteek. Deur die riet kan ons water wat in die gat bymekaarkom, opsuig. As ons water wil saamneem op 'n tog deur 'n onbekende gedeelte van die woestyn, suig ons water met die mond op en ledig dit in leë volstruiseierdoppe of in 'n leë springbokpens. Daar is ook nog wilde vrugte soos die "tsamma" en die "naba", en wilde komkommers waarmee ons in die droë tye klaarkom."

"Jy praat baie mooi Afrikaans, Kui." sê Annika.

"Daar het vir 'n lang tyd 'n sendeling saam met ons gebly," sê Kui, "hy het ons geleer om Afrikaans te praat en ook van die groot Maruti in die Hemel wat Sy kinders oppas."

"Hoe oud is jy?" vra Alex, want hy skat dat Kui miskien net 'n bietjie ouer as hy is.

"Ai, dit weet ek nie," sê Kui, "maar ek het 'n klompie somers en winters agter die rug."

Die San-mense het, in die algemeen, nie 'n goeie begrip van syfers en getalle nie en tel gewoonlik volgens hulle vingers. Waneer iets meer as hulle vingers is, is dit net "baie".

Daardie middag, teen sononder, kom hulle uitgeput, eindelik by die San-mense se kamp aan. Daar staan, onder die doringbome, 'n hele paar koepelvormige hutte. Die grasbedekte hutte bestaan uit 'n raamwerk van houtstokke en klei. Elke hut het 'n ingang wat met velle toegemaak is en 'n klein skerm van stokke waar die as van 'n vuurtjie lê. Tussen die hutte is daar 'n groot gemeenskaplike vuurherd gebou waar almal saans bymekaar kom om saam te eet en te gesels en te dans.

Die San-mense is 'n nomadiese volk wat gereeld, in hulle soeke na kos en water, moet trek. Vir die rede bou hulle nie stewiger of permanente blyplekke nie, maar eerder hutte wat maklik afgebreek en karwei kan word.

Die mense lag, klap hulle hande en draf nader om te kom kyk na die vreemdelinge wat so onverwags in hulle midde opgedaag het. Die vroue en kinders verwonder hulle aan Annika se blonde hare, streel daaroor en klik-klak in hulle taal van pure verwondering.

Annika en Alex is bly om Kui se ouers, Kou'ke en Nyada, te ontmoet en ook sy sussie Lya wat seker net 'n paar jare jonger as Kui is. "Julle is welkom hier by ons," glimlag Kou'ke, "kom gerus nader en rus – julle lyk vir my moeg en honger."

"Ja, sê Nyada, "ons het nie veel nie, maar julle is welkom om met ons te deel wat ons het. Julle luiperdwyfie is ook welkom. Ek kan sien sy is baie siek en julle sal haar met groot sorg moet dokter."

Na hulle gerus het, begin die kinders hulle kragte stadig herwin. Hulle drink soveel moontlik water en smul heerlik aan nog halfrou springbokvleis, bessies en sade.

"Ek voel soos 'n nuwe mens!" sê Alex later terwyl hy oor sy maag vryf.

Annika beaam dit en sorg ook mooi vir die luiperd. Die water en bietjie kos het die luiperd ook meer krag en lewenslus gegee. Annika het die gewonde been beter skoongemaak en van die olierige mengsel wat sy by Kou'ke gekry het, aangesmeer voor sy die been weer toegedraai het.

"Jy sal sien sy sal gou baie beter wees," sê Kui.

"Ek hoop regtig so – sy is so 'n pragtige dier," sê Annika.

"Haar naam moet Ngwe, (luiperd), wees!" doop Kui haar summier.

"Weet jy dat 'n luiperd baie, baie maal beter as enige ander dier of mens, veral in die donker, kan sien? Die kolle op hulle vel maak dit ook moeilik om hulle in die dag sowel as in die nag te sien omdat die kolle haar beeld teen die agtergrond opbreek," sê Kui, en, voeg hy by, "hulle hardloop natuurlik so vinnig soos die wind."

Ngwe lek aan Annika se hand en dit is duidelik dat die twee mekaar goed verstaan en reeds goeie vriende is.

Alex is bekommerd oor die lae versperrings voor die hutte se skerms. "Ons het weer laasnag leeus hoor brul," sê hy, "en ook hiënas hoor lag. Is julle nie bang vir hulle nie?"

"Nee wat," sê Kou'ke, "party roofdiere is nogal astrant, maar ons is veilig agter ons skerms. Die voorvaders het ons geleer om 'n poeier te maak van 'n swam wat ons van doringbome af kry en ook van fyn takkies van die "magotoplant" wat ons saam maal. Ons meng dit met water en sprei dit om ons skerms. Die diere bly weg, want hulle hou nie van die reuk nie."

Alex luister met verbasing, en half ongelowig, na die storie.

"Kou'ke ons is baie bekommerd oor ons ouers," sê Annika en sy vertel die nuwe vriende van alles wat hulle deurgemaak het.

Hulle luister met verbasing en verwondering na alles wat die kinders beleef het.

"Moenie verder bekommerd wees nie, meisie," sê Kou'ke vriendelik, "ons sal gou 'n plan maak om hulle te help."

Hoofstuk 3

Die aand om die kampvuur word daar tot laat oor baie interessante dinge gesels. Die besoekers kom baie gou agter dat die wêreld van die San-mense en hulle wêreld hemelsbreed van mekaar verskil en dat die San-mense, klein van postuur, vriendelike, intelligente en kreatiewe mense is. Hulle gasvryheid en liefde vir hulle medemens en vir die natuur, ken geen perke nie.

Die nuuskierige kinders hoor tot hulle verbasing dat die San geen owerheid, polisie of regering ken nie. Elkeen is sy eie mens, maar hulle respekteer mekaar se menings en, deur gesprekvoering, besluit hulle gewoonlik saam oor die beste oplossings vir hulle probleme.

Dit is duidelik dat die jarelange ondervinding en kennis van die ouer mense vir die jonger geslag groot waarde inhou en dat daar by almal deernis en respek vir die oues van dae is.

Die kinders leer dat die San-mense in die algemeen in 'n Opperwese wat die wêreld geskep het, glo. Die Opperwese kan van gedaante verander en woon soms in die lywe van diere en insekte soos die eland en die bidsprinkaan of hotnotsgot. Hulle het ook by die sendeling geleer van die seun van God en wat Hy vir die mensdom beteken. Hulle glo ook dat daar mindere gode is en dat die geeste van hulle voorouers soms in die lywe van diere en die plantegroei rus.

Dit is ook vir die kinders duidelik dat die verantwoordelikhede en pligte van die San deur almal

aanvaar word as deel van hulle dag tot dag bestaan.

Die mans se plig is om te jag en om die groep te beskerm terwyl die vroue vir die kinders moet sorg en water, veldkosse, kalbasse en volstruiseiers, moet soek.

Annika en Alex het reeds op skool geleer dat die San bekend is vir hulle uitstekende jagtersvernuf en hulle spoorsnyvernuf.

Die San het ook 'n ongelooflike kennis en liefde vir die natuur en hulle leef in harmonie daarmee saam.

Hulle kennis en insig oor die gedrag van wilde diere is uitsonderlik. Verder, is hulle vermoë om kos, medisyne en water uit oënskynlike onopvallende plante te onttrek en, om in die algemeen, in die droë, onherbergsame woestyn te oorleef, vir die dorpskinders verstommend.

Omdat hulle so 'n alleenbestaan voer, het die San, in hulle oorlewingstryd, omvattende kennis van die medisinale waarde van plante opgedoen. Hulle kan, gevolglik, baie kwale en siektes self genees en die groot getal ouer, maar fikse mense getuig ook daarvan.

Behalwe vir 'n kort bedekking om die lyf wat van sag gebreide dierevel gemaak is, dra die mense min klere. Vroue dra 'n leerrokkie en soms ook 'n karos van dierevel. Wanneer dit nodig is, dra hulle ook 'n mantel wat beskerming teen die son of teen koue bied. Die mantel is kundig ontwerp sodat hulle veldkos en watersakke daarin kan dra. Niemand maak gebruik van skoene nie. Die meeste vroue en kinders dra versiersels wat bestaan uit stringe wit krale of ringetjies wat van skulpies of stukkies volstruiseierdop gemaak is.

Hoofstuk 4

Die volgende oggend vroeg, na 'n goeie nagrus, gaan die gesprek weer oor die kinders se dringende behoefte om met Henry en Richelle kontak te maak.

"Julle twee het in 'n verkeerde rigting van die rivier afgestap," sê Kou'ke toe die kinders hom weer nader.

"Hoe dan so, Kou'ke?" vra Alex.

"Behalwe dat julle in die verkeerde rigting gestap het, het julle 'n groot draai gestap. Waar ons nou is, is ons werklik nie so ver van die rivier af nie. As ons nou begin, kan ons nog voor die son regop staan, by die rivier wees." sê hy. "Ons kan ook velle saamneem en pale by die rivier kap om 'n draagbaar vir jou vader te maak."

Die kinders kan nie genoeg dankie sê nie en Kou'ke kyk hulle glimlaggend aan. Hy sien dat hy hier te doen het met kinders wat hulle ouers en medemens lief het en respekteer.

So gesê, so gedaan en dit was nie lank nie voor die kinders, Kou'ke, Kui en vier ander jong mans en natuurlik Ngwe, wat baie mooi herstel het, koers inslaan rivier toe. Hulle neem spiese, pyle en boë saam om hulle teen wilde diere te beskerm.

By die rivier aangekom is daar onsekerheid oor waar die vliegtuig neergestort het en waar hulle ouers presies is. Hulle besluit om maar rivier af te stap en is dankbaar om later 'n dun rokie in die lug te gewaar.

"Dit lyk vir my of dit dalk van 'n kampvuur af kan kom," sê Kui.

"Onthou kinders, as julle ooit verdwaal, is dit goed om rook te maak of om sand in die lug te gooi sodat mense wat na julle soek, die rook of stof kan sien," maan Kou'ke.

"'n Mens kan maklik vuur maak deur 'n dun, reguit droë stokkie, waarvan die punt in 'n hopie fyn bas en droë gras gesteek is, vinnig tussen jou hande in die rondte te draai. Die wrywing veroorsaak na 'n rukkie genoeg hitte om die bas en gras warm te maak en, dan aan die brand te steek."

Hulle stap met nuwe moed in die rigting van die rook en is oorstelp van vreugde toe hulle die vliegtuig se kleurvolle stert in die lug sien staan.

"Daar is Pa en Ma!" roep Alex skielik uit en hulle storm op hulle ouers af.

"Ons is so bly om julle te sien," juig 'n dankbare Richelle.

Henry lê nog plat op sy rug, maar sukkel orent toe hy sy kinders sien. Hy lag van blydskap en van opregte dankbaarheid. Hy en Richelle was diep bekommerd oor hulle kinders en die ontberings wat hulle sekerlik sou ondervind. Sy been is steeds lelik geswel en op plekke blou en groen van kleur.

"Toemaar, Pappa, ons nuwe vriende sal gou help om die nare ou ontsteking te stop," sê Annika.

Richelle pak vinnig die bietjie eet- en bruikbare goedjies wat nog in die vliegtuig was, in 'n sloop en, nadat hulle Henry op die nuwe draagbaar gehelp het, stap almal geselsend en singend terug in die rigting van die kamp.

Daar aangekom, kom een van die oudste mense wat die kinders nog gesien het, nader. Sy naam is Oma. Die talle rimpels en plooie op sy gesig verberg nie sy wakker oë of sy vriendelike glimlag nie.

"Wat gaan met jou aan, *Ne khoeb endizayo* (man wat vlieg)?" vra hy met 'n glimlag.

Hy ondersoek die seer been versigtig en skud sy kop. "Ons sal jou vinnig gesond moet maak. Die been is nie gebreek nie, maar die senings is geskeur en daar is ontsteking. Jy sal maar 'n tydjie moet rus."

Nyada, Kui se moeder, neem hulle na 'n groot hut. Die draers dra die draagbaar vinnig die hut binne, want die son brand ongenadig warm.

"Dit is die hut waarin sendeling Olivier vir 'n lang tyd gebly het," sê Nyada met deernis in haar stem. "Hy was 'n baie wyse ou man wat ons in die lang aande om die kampvuur van baie dinge vertel het. Hy het ons ook van die liefde van die skepper God en Sy Seun geleer en ook om julle taal te verstaan en te praat. Sy dood was vir ons vir baie dae 'n groot hartseer en ons mis hom nog elke dag.

Oma stuur van sy kinders veld toe om elandmis en die blare van die "buchu-" en "duiwelkloutjieplante" te pluk. Die San-kinders weet dat hulle nooit te veel blare van een plant moet pluk nie, sodat die plant nie te seer kry nie en maklik weer sal herstel.

Die mis en blare wat hulle bymekaarmaak word fyngestamp en die mengsel word lank in 'n bietjie water gekook totdat dit 'n stywe pap word. Oma roer dan ander middele in wat hy in sy hut aanhou. Toe die brousel effens afgekoel het, pak Oma die been daarin toe en draai dan 'n gebreide springbokvel styf om die been. Nat senings hou die vel in plek. Oma weet dat wanneer die senings droog word, hulle sal krimp en sodoende 'n stewige verband om die been maak.

Oma gee "die man wat vlieg" ook 'n warm drankie in wat hy van die olifantwortelplant maak om sy pyn te verlig. Richelle lei tot haar verbasing af dat dit die *Elephantorrhiza elephantina* is wat bekend is vir sy verdowende eienskappe.

"Ons sal vanaand ook vir jou die dans van Hishe doen sodat hy, wat die kneg van die groot Vader is, en wat die gewer van reën, voedsel en gesondheid is, jou sal raaksien," se Oma.

"Dankie, ou en geëerde vader." sê Henry. Hy hoop maar vir die beste, want hy het nou die stadium bereik waar hy enigiets sal doen om die been gesond te maak.

Die San heg groot waarde daaraan om te sing, musiek te maak, ritmies hande te klap en te dans. Afhangend van die saak wat aandag kry, strek die dans soms dwarsdeur die nag. Sommige vroue gebruik 'n eenvoudige een- of tweesnaar ramkietjie wat hulle eentonig tokkel. Ander vroue klop met hulle hande op oorgetrekte springbok-veltamboere. Die mans dra droë toegebinde blase van diere, wat half met sade of klippies gevul is, aan hulle enkels. Die klippies maak skuurgeluide wanneer die voete op die grond gestamp word.

Dit is van die grootste belang vir die San-groepe om gereeld die rituele danse te doen. Die danse dien om die groep fisies en geestelik te verbind en te onderhou. Die groot "Medisyne Dans" en die "Reëndans" is rituele waaraan almal deelneem. Tydens hierdie danse sit die vroue om 'n vuur terwyl hulle sing, musiek maak en hande klap. Die mans dans eers kloksgewys om die vroue en dan andersom. Soos die dans in intensiteit toeneem, verander die dansers se bewussyn en word hulle ast'ware na die geesteryk vervoer waar hulle met hulle voorsate kan kommunikeer en, leiding van hulle en van die verskillende gode ontvang.

Richelle kom agter dat die San se verskillende tongklappe, of klikke, elkeen 'n besondere betekenis het om kleur en helderheid aan 'n vertelling te gee. Sy besef egter dat iemand soos sy, wat glad nie die San se manier van woordvorming ken nie, tussen die San-mense moes grootgeword het om hulle taal ten volle te kan verstaan en waardeer.

Hoofstuk 5

Die volgende dag wys Nyada vir haar man haar byna leë kosmandjie. "Kou'ke, ons kosvoorraad raak nou min, my ou man. Ons vroue sal vandag in die duine en na die rivier se kant toe moet gaan om veldkos en volstruiseiers soek," sê sy.

"Ek hoor jou, my vrou, en ek, Kui en Alex sal dadelik 'n plan maak om weer vleis in die hande te kry." sê Kou'ke.

Alex huppel van opgewondenheid toe hy van die jagtog hoor. Richelle en Annika kyk ook met breë glimlagte na mekaar terwyl hulle, opgewonde, daarna uitsien om die veld te verken en by die vriendelike San-mense interessante lesse te leer oor die baie versteekte geskenke wat Moeder Natuur vir haar kinders aanbied.

"Hoera!" skree Alex. "Nou kan ek vir Kui wys hoe goed ek met 'n pyl en boog kan skiet."

"Pasop dat jy nie jou eie toon raakskiet nie!" terg Annika terwyl sy begin soek na 'n sloop of 'n mandjie waarin sy haar bessies en ander veldkos sal kan pak.

Die San mans is slim spoorsnyers en hulle ken die maniere en gewoontes van hulle prooi baie goed. Wanneer hulle bespeur waar diere bymekaarkom, toets hulle die rigting en krag van die wind deur versigtig 'n handjievol stof in die lug te gooi.

"Ons moet altyd sorg dat ons wind-af van die diere is, en bly, sodat hulle nie die mensreuk kry nie, want dan sal hulle op die vlug slaan en ons sal ons maaltyd kwyt wees," sê die wyse Kou'ke wat reeds baie jagtogte in sy lewe deurgemaak het.

Die San word dikwels die "bekruip" mense genoem omdat hulle die gawe het om hulself in die veld vir mens en dier byna onsigbaar te maak. Wanneer hulle 'n prooi in die sandvlaktes bekruip, bedek hulle hulle lywe soms met stof en vermom hulle hulself deur bossies of takkies aan liggaamsdele te bind.

Die wapen wat die San die meeste en meesterlik gebruik is hulle pyle en boë. Kou'ke verduidelik hoe hulle die wapens maak en Alex luister oopmond na die unieke en, vir die meeste mense, onbekende, praktiese metodes wat die San inspan.

"Ons maak ons boë van 'n taai, buigsame hout, soos byvoorbeeld kareehout wat nie maklik breek as dit gebuig word nie. Ons gebruik gewoonlik 'n reguit tak of lat, min of meer so lank soos ons arms. Die lat moet so gesny en afgeskuur word sodat dit effens dunner vanaf die middel na die punte toe loop. Dit laat die boog makliker buig. Die hout word dan deeglik met dierevet gesmeer terwyl dit nog klam is en dan oor 'n vuur gehou. Mens moet die hout oor die vuur bly draai sodat dit eweredig warm word en verhard. Hierdeur bly die boog buigbaar en sterk."

"Die boog moet daarna gereeld met vet ingesmeer word, sodat dit nie uitdor nie," voeg Kui by.

"Ons maak die snaar van die boog met sterk, gedraaide grootwild senings."

"Ons pyle word meesal van sterk fluitjiesriet gemaak, maar ons gebruik ook ligte houtlatte. Dit is belangrik dat die pyl mooi reguit en ewe dik moet wees. Ons maak ons pylpunte van harde been of geslypte klip of van skerp vuursteen. Ons heg dit voor aan die pyl met dun senings wat ons met doringboomgom toesmeer. Aan die agterkant van die pyl word 'n veer op dieselfde manier ingedruk en liggies toegesmeer. Sonder die veer sal die pyl nie reguit trek nie," verduidelik hy.

"En waar kry julle die gif wat julle aan die pylpunte smeer?" vra Alex terwyl hy dink aan die vindingryke maniere wat die San gebruik om, dag tot dag, in die woestyn te oorleef.

Hy het gelees dat die gif aan die San se pyle dodelike gevolge vir mens en dier inhou as 'n teenmiddel nie dadelik toegedien word nie.

"Ons kry die gif van 'n rooigeel wurm genoem die "ka" of "ngwa"," sê Kou'ke sag en hy kyk om hom rond asof daar iemand is wat sy geheime sal aanhoor. "Die wurms, saam met die sap van 'n sekere woestynplant (die plant is van die *Acokanthera* familie), word herhaaldelik gekook totdat dit soos jellie lyk. Ons smeer die jellie met 'n stokkie aan die pylpunte. Ons maak ook gif van die larwes van 'n klein bont kewer, en soms, wanneer die wurms nie beskikbaar is nie, gebruik ons die gif van die *Euphorbia spesie*.

Teen sononder het die manne, na 'n lang soektog, drie slaggoed raakgeloop en Alex het bewys dat hy 'n natuurlike aanleg het om te bekruip en om vinnig en dodelik raak te skiet. Toe hulle later tevrede en al geselsend met die vleis by die kamp aankom, sien die mans dat almal in 'n geskokte toestand rondstaan en dat Richelle en Nyada eenkant sit en in trane is.

"Wat is dit dan, Moeder?" vra Alex met kommer en deernis toe hy sy ma sien huil.

"Annika en Lya het verdwyn," snik Richelle, "en ons weet nie waar om na hulle te begin soek nie!"

"Ag nee, tog!" roep Alex geskok uit.

"Waar en wanneer het dit gebeur?"

"Ons vroue het vanmiddag gaan veldkos bymekaar maak en Annika en Lya was ook saam," verduidelik Richelle.

"Almal het oë op die grond gehad en tussen die duine beweeg om die eetbare plante, wortels, bossies en bessies te soek en uit te grawe," sê Richelle verder.

Sy en Nyada verduidelik ook dat hulle lank na spore gesoek het en ook aanhoudend geroep het, maar dat hulle geen spoor of antwoord van die meisies kon kry nie.

"Dit is al amper donker, maar ons moet tog gaan kyk of ons nie iets sien nie," sê Kui. "Bly julle liewer hier sodat die baie mense nie die spore doodtrap nie. Ek en Alex sal gaan kyk. Wys ons net by watter duin Annika-hulle die laaste keer gesien is."

Kui en Alex het gebukkend en versigtig elke moontlike duin en holte waar die meisies se spore was, ondersoek. Hulle was op die punt om maar teleurgesteld, terug te draai toe Alex iets in die dowwe maanskyn sien blink. "Kui, kom gou hier – ek dink ek het iets gekry!" skree hy.

Half weggesteek in die sand kom hulle op Annika se silwer armbandjie af.

"Die armband sit gewoonlik styf om Annika se arm," sê Alex. "Ek is byna seker dat sy dit met opset afgehaal het en hier laat val het om ons die rigting te wys waarin hulle weggeneem is."

"Nou ja, kom ons sorg dat ons in die oggend, voor sonop, hier is om hulle spoor verder te soek en te volg," sê Kui vasberade.

Nadat die mans vroeër daardie oggend, met pyle en boë gewapen, die woestyn ingegaan het om na wild te soek, het die vroue, al geselsend, in die teenoorgestelde rigting gestap om veldkos te soek. Elkeen het 'n grawestokkie in die hand gehad en 'n velsakkie op die rug gedra waarin hulle hulle eetbare duinuientjies, kannies, bessies, bossies en wortels kon plaas.

Nadenkend het Nyada vir die ander vroue gesê: "Ons het die kos in ons onmiddellike omgewing al byna uitgeput, so ek dink ons moet vandag liewer in die rigting van die rivier stap. Die rivier self is nie naby nie, maar die hoë duine in daardie rigting behoort nog baie kos te hê."

"Daar is ook gemsbokkomkommer en kameeldoring-bome nader aan die rivier," het een van die ouer vroue bygevoeg terwyl sy in die algemene rigting van die rivier beduie het.

"Die kameeldoringbome se sade is baie gesond en voedsaam en ek sal uit my pad gaan om daarvan in die hande te kry." het Nyada beaam.

"Gemsbokkomkommer! Ek het nog onlangs gelees van die waarde van dié plant vir mens en dier!" het Richelle bly uitgeroep.

Sy het gelees dat die gemsbokkomkommer, met

sy stekelrige ronde vrug wat aan lang ranke groei, algemeen in die droë Kalahari voorkom. Sy het met verbasing geleer dat die plant se grootste voedingswaarde in sy pitte lê. Die pitte is 'n bron van proteïene, vog en van medisyne. Die pitte, wat maklik in die San se velsakkies gedra kan word, word uitgedroog en geëet wanneer hulle deur die woestyn reis. Die pitte kan ook gemaal word om 'n drank soos koffie, te maak. Richelle is bly want nou sal sy, eerstehands, kan sien waar die plante groei en hoe hulle versamel en voorberei word.

Die vroue het, vol verwagting, agter Nyada en Richelle aangestap.

Hoofstuk 6

"Kom ons gaan soek na kambroplantjies," fluister Lya sag vir Annika. Die meisies het reeds goeie vriendinne geword en vinnig agtergekom dat hulle oneindig baie van mekaar kon leer. Langsaam slaan hulle hul eie koers in en dwaal al verder van die vroue af.

"Die plantjies is nogal skaars in ons omgewing en mens sien hulle nie maklik raak waar hulle net-net bo die grond groei nie, vertel Lya verder, die blaartjies is fyn en vaalgroen van kleur. Hulle word ook soms rooibruinerig soos die son hulle brand. Ons eet nie die blaartjies nie maar, onder die grond, dra die plant knolle wat voedsaam is en ook baie lekker smaak – veral as mens dit saam met heuning kook. Die plant is baie skelm. Hy is lief daarvoor om sy stingels onder rotse in te stuur waar sy bol onder die grond veilig groei."

"Oma maak ook 'n pap van die pulp van die knol wat ons aan insek- of slangbyte smeer om die gif teen te werk," verduidelik Lya verder.

Annika luister met aandag na Lya se vertellings en is baie nuuskierig om die plant, wat sy nog net van gehoor het, te sien. Hulle dwaal in hulle soeke na die kambro tussen die duine rond en, sonder dat hulle dit agterkom, dwaal hulle steeds verder van die rigting af wat die vroue ingeslaan het.

Terwyl hulle, met oë op die grond, tussen die duine deurstap, sien Lya een van die skaars plantjies raak. Die meisies val op hulle knieë neer en grawe versigtig om die plantjie. Met hulle aandag op die plant toegespits, sien hulle nie die vier krygers wat hulle tussen die duine dophou nie.

"Dit is sekerlik sy, met die vel van die kleur van die maan en die goue hare, wat die gode vir ons gestuur het om ons koningin te wees. Sy is so mooi, sy sal ons stam baie sterk maak!" fluister die leier van die groepie in sy taal aan sy makkers.

Vol verwondering beaam sy maat: "Ja, sy is sekerlik die een wat in die blink arend was wat gister so geluidloos deur die lug gevlieg het. Sy móét ons nuwe koningin wees!"

Twee van die krygers sluip versigtig nader aan die meisies. Hulle is lang, sterkgeboude manne. Hulle hare hang in olierig toutjies langs hulle koppe af en hulle gesigte is met rooi en swart strepe besmeer. Hulle oë is omring met wit verf en daar is klein bene deur hulle neuse gesteek.

Toe hy naby die meisies kom, sê die leier in in sy taal: "Moenie bang wees nie, Koningin, ons het vir jou en jou diensmeisie kom haal om in ons stat te kom woon en om ons, bo ander stamme, slim en sterk te maak."

Annika en Lye verstaan natuurlik geen woord van wat die man sê nie.

Hulle skrik hulle boeglam toe hulle in die man se geverfde gesig, wrede oë en sy skerpgevylde tande vaskyk. Lya vlieg sonder meer met 'n vaart teen die duin se steilte uit en gil luidkeels. Maar sy hardloop haar ongelukkig vas teen die ander twee krygers wat net agter die duin se kruin weggekruip het. Hulle gryp haar aan haar hande en voete vas toe sy met alle mag skop en slaan om weg te kom. Annika het, eweneens, 'n koers ingeslaan en roep ook so hard as wat sy kan om hulp. Ongelukkig is die vroue reeds buite hoorafstand en die meisies se krete en smekinge bly ongehoord.

Die krygers druk die meisies teen die grond vas en, toe hulle steeds spartel en baklei, bind hulle die meisies se hande en voete met saggebreide velrieme vas. Twee van die manne gooi die meisies summier oor hulle skouers en dra hulle, steeds spartelend, verder die woestyn binne.

Toe Annika besef dat hulle onomkeerbaar in die mag van die ontvoerders is, wikkel sy, in 'n laaste desperate poging om 'n leidraad te los, haar silwer armbandjie met moeite van haar arm af en oor haar hand en laat dit, onopgemerk, in die sand val.

"Miskien sal iemand dit sien en ons agterna sit," bid sy.

Die krygers het die meisies net 'n kort entjie gedra toe hulle weer op die draagbare stoel, van saamgevlegte houtlatte vervaardig, afkom wat hulle juis met die doel om 'n jong vrou te vang en te ontvoer, saamgebring het. Annika word op die stoel geplaas. Op die stoel word toue styf om haar lyf, hande en voete vasgemaak. Dit is vir haar moeilik om te beweeg. Lya word ook, agter Annika se rug, aan die stoelrug vasgebind. Moedeloos sien hulle dat dit nie maklik sal wees om te ontsnap nie.

Annika sien dat Lya saggies huil.

"Toemaar Lya, ons sal nog wegkom, jy sal sien. Ons ouers en familie sal nooit toelaat dat ons sommer net so weggevoer word nie." troos sy haar maat.

Lya kyk haar vriendin deur betraande oë aan. "Ek weet dit, Annika, maar ek is so bang – hierdie barbare eet die vleis van mense! Ons moet ten alle koste wegkom."

Alhoewel sy nie werklik verras is om die woorde te hoor nie, skok Lya se woorde vir Annika tot diep in haar wese en sy klou, vreesbevange, krampagtig aan die stoel se latte vas.

Die krygers, met die draagbaar op hulle skouers, draf gemaklik en sonder om moeg te word, uur na uur deur die sand. Die son bak op hulle neer en die meisies is later uitgeput van die hitte en baie honger. Die krygers gee hulle darem van tyd tot tyd 'n bietjie lou water om te drink.

In die verte sien Annika weer die wasige blou berge op die horison. Sy is hartseer en verlang na haar ouers en na Alex. Stil trane rol oor haar wange en sy verberg haar gesig in haar hande. Die avontuur waarna hulle so lank uitgesien het, het vir haar, en trouens, vir die hele Pretorius-gesin, in 'n eindelose nagmerrie van vrees en kommer ontaard.

Laat die middag op die tweede dag, kom hulle by 'n kronkelende rivier uit. Daar kan hulle genoeg water drink en van die bessies wat op die rivierwalle groei, eet. Daar groei ook kameeldoringbome en die krygers eet van die voedsame sade van die bome.

"Ons moet ook maar eet, Annika, ons moet ons kragte behou sodat ons kan vlug wanneer ons die kans kry." sê Lya sag.

Die krygers hou die meisies fyn dop en vir weghardloop is daar nie 'n geleentheid nie. Hulle is, in elk geval, nie seker waar hulle heen moet vlug nie en hulle sit maar stil en wonder wat van hulle gaan word. Daardie nag, onder die sterbelaaide hemel, luister hulle benoud na die gebrul van leeus en die tjank van honger hiënas. Die krygers het 'n groot vuur van dryfhout gemaak om die ongediertes weg te hou. Hulle neem ook beurte om wag te staan terwyl die ander rus. Die donker ure gaan stadig, maar gelukkig sonder insident, verby.

Laat die volgende dag, terwyl hulle al langs die rivier koershou, kom die groep nader aan die berge. Omdat dit aan die voet van berge meer reën as verder wind-af, sien Annika dat die plantegroei waardeur hulle beweeg, geleidelik verander.

Annika het op skool geleer dat reënval dramaties toeneem wanneer lugmassas deur 'n bergreeks opwaarts gedryf word en dan weer, aan die anderkant van die berge, afwaarts val. Dit veroorsaak eers dalende en dan stygende temperature in die lugmassa. "Wanneer die verkoelde lugmassa aan die anderkant van die berg afstort en warm lug teëkom, veroorsaak dit reën," het haar onderwyseres gesê. "Daarom is die reënval by Constantia en by Kaapstad se lughawe, wat aan die wind-af kant van die Tafelbergreeks is, ongeveer vier maal hoër as die reënval in die Kampsbaai- en Clifton-omgewing." het die onderwyseres as 'n praktiese voorbeeld verduidelik.

Dit is ook nie lank nie of die meisies merk dat die omgewing baie meer boomryk raak, en weldra, in 'n woud verander. Die krygers draf, sonder dat hulle moeg word, voort.

Die woud raak, toenemend, al meer ruig en die krygers moet later plek-plek 'n pad deur die plantegroei oopkap om deur te kom. Hulle hoor ook in die verte, die gedreun van vallende water. Die swetende krygers dra hulle, sonder huiwering, in die rigting van die gedreun voort. Heelwat later, sien hulle tussen die digte bome en plantegroei en ten spyte van die sterk skemer en mistigheid, 'n waterval wat oor 'n hoë krans na benede stort. Die toneel is asemrowend mooi.

Die krygers dra hulle tot agter die donderende waterval. Daar sien hulle 'n grot. Die bek van die grot is bykans heeltemal versteek deur massas varings, rankplante, en blommende orgideë. In die donker, agter in die grot, is daar 'n tonnel wat die berg verder binnedring. Die krygers stap, sonder aarseling, die tonnel binne.

Die tonnel is nie pikdonker nie omdat dit, hier en daar, met fakkels wat teen die mure geheg is, verlig word. Die meisies hoor druppende water en voel kort-kort dat klein klippies op hulle val. Hulle merk dat die tonnel se wande en dak baie verweer is.

Die krygers stap vinnig deur die tonnel, wat hulle blykbaar goed ken, onverpoosd voort. Hulle gaan by verkillende sytakke van die tonnel verby. 'n Rukkie later ruik die meisies vars lug en dan, om 'n skerp draai, gewaar hulle die sterbelaaide hemel. Die krygers gaan staan voor die bek van die tonnel waar dit teen die hang van die berg uitmond. Aan hulle voete, in die maanlig, sien die meisies die flikkering van baie vure en hoor die gedruis van mensestemme. Hulle hoor ook die ritmiese geklop van tromme.

Die krygers sit die draagbaar neer. Hulle beveel een van die tonnelwagte, wat nou vinnig naderstaan, om vir Kaggam, hulle gevreesde toordokter, te gaan vertel dat hulle die koningin gevind het en saamgebring het. Kaggam moet toestemming gee dat hulle die koningin en haar diensmeisie nader mag bring. Die krygers en die wagte het 'n diepgewortelde vrees vir die toordokter en nie een van hulle is gretig om voor die wrede man te verskyn nie.

Nadat die boodskap klaarblyklik deur een van die wagte oorgedra is, hoor die meisies hoedat die ritme van die tromme toeneem en hulle sien dat 'n skare mense, juigend, teen die berg se hang begin opstroom. Heel voor stap Kaggam. Toe hy naderkom, buig hy voor die draagbaar.

"Welkom, magtige Koningin van die Ubumuntanas – ons het lank op jou koms gewag!" roep hy uit terwyl die gejuig van die skare toeneem. Hy grynslag toe hy die pragtige meisie met die lang blonde hare in die maanlig sien.

Dan beveel hy bars aan sy priesters: "Beveel die slavinne om die koningin se hut voor te berei en neem hulle daarheen. Laat ook vir hulle kos maak sodat hulle kan eet en kan rus na hulle lang reis van die sterre en van die maan af."

Twee van die priesters buig voor Kaggam en draf dan haastig teen die berg af om die opdrag uit te voer.

Omdat Annika en Lya nie die taal verstaan nie, weet hulle steeds nie wat met hulle gaan gebeur nie en hulle sit vreesbevange op die draagbaar tussen die dansende en rasende barbare.

Die krygers stap met die meisies teen die helling af tot in die middel van die stat. Voor 'n groot hut word hulle neergesit en die krygers maak hulle los en wys dat hulle moet afklim en die hut binnegaan.

Die hut is met vetkerse verlig en hulle sien dat daar vyf stoele, kunstig uit hout gesny en met leer riempies bemat, langs 'n lae houttafel staan. Een stoel staan aan die kop van die tafel. Teen die mure hang daar grynsende, gedrapeerde, veelkleurige maskers wat die stam se gode uitbeeld. Die skedels van mense en diere pryk onder die maskers. Daar is ook 'n enorme stoel met hoë rug- en armleunings van leer wat eenkant op 'n platform staan. Dit is seker waarop die toordokter of ander hooggeplaaste persoon moet sit wanneer hy of sy die priesters toespreek, dink Annika.

Op die stoel rus daar 'n **skerppuntige** kroon wat van platgerolde koperplaat en koperdraad gemaak is. Dit is ryklik met gesteentes, wat in die kerslig skitter, versier. Agter 'n gordyn, bespeur hulle 'n groot bed. Die mat van die bed is van geweefde, gebreide rieme. Verskeie saggebreide elandvelle hang oor die bedstyl. Van die dak af, hang daar mandjies waarin klere geplaas is. Die mandjies is van gevlegte gras en takkies gemaak.

"Ai, Lya, ek weet nie van jou nie, maar ek sal verseker nie hier kan slaap nie." se Annika grillend.

"Ek definitief ook nie," sê Lya. "Dit is asof ek die vorige inwoner se nabyheid hier voel." Die twee meisies hou mekaar se hande vas en sit soos verskrikte hasies op die lae bankie by die deur.

'n Rukkie later kom daar verskeie glimlaggende vroue, met skinkborde waarop kos staan, by die ingang van die hut in. Hulle buig voor Annika en bied knielend die kos vir haar aan. Terwyl die honger meisies, ten spyte van hulle vrees, tog van die vleis en vrugte eet, dring dit stadig tot hulle deur dat hulle soos eregaste en nie soos slawe nie, behandel word.

"Annika, hulle behandel jou soos 'n koningin!" roep Lya uit.

Annika is stom van verbasing. Miskien gaan hulle ons tog nie offer of opeet nie, gaan dit dankbaar deur haar gedagtes.

Skielik word die hut se velhangsels voor die ingang oopgeruk en kom Kaggam ongenooid by die deur in. Hy kyk die meisies stilswyend aan. "Jy moet maar vannag uitrus." sê hy vir Annika. "Ek sal jou na sonop kom sê wat jy moet aantrek en wat ek van jou verwag." Hy grinnik, klap sy hande en verdwyn weer laggend na buite.

Hoofstuk 7

Daardie aand, in die San-kamp, was daar maar min rus vir die bekommerde San-mense en vir die Pretorius-gesin, maar, vroeg die volgende oggend, elkeen met 'n springbokpens vol water, 'n bietjie kos, elkeen met sy pyl en boog en Henry se kapmes, is die seuns weer terug op die plek waar Annika die leidraad gelos het.

Ngwe is ook by. Sy kan nie verstaan waar Annika nou is nie en snuffel rond terwyl sy hulle met vraende oë aankyk.

Kui is, eie aan sy aard, 'n uitstekende spoorsnyer. Dit is vir hom duidelik dat die skelms uit hulle pad gegaan het om nie spore te laat nie en baie meer op die klipperige grond beweeg het as op die sanderige duine. Kui is egter uitgeslape en hy let fyn op na klein leidraadjies soos grassade wat geval het, klippies wat versteur is, plant uitloopsels wat nie meer lê soos hulle oorspronklik gegroei het nie, of ander klein versteurings wat die gewone mens nie maklik sal soek of raaksien nie.

"Daar is vier mans betrokke en twee van hulle het ook vir Annika en vir Lya opgetel en dra hulle nou," sê Kui. "Hulle het seker besluit om nie verder te loop nie. Ek het netnou 'n enkele spoor gekry wat dieper as die voriges getrap is en wat vir my wys dat die man nou swaarder weeg as voorheen en daarom dink ek dat die mans die meisies dra."

Kui het ook tot sy skok en teleurstelling gemerk dat dit nie die klein spore van die San-mense is nie – die spore is baie groter en breër as dié van die San-mense en hy vermoed dat dit die spore van die wrede oerwoudbewoners kan wees. Hy ril as hy daaraan dink dat die mense mensvreters is. Hy sê egter niks daarvan vir Alex nie, want hy weet dat dit hom hewig sal ontstel.

Ngwe begin ook agterkom waarmee die seuns besig is en Alex is seker sy kan al die reuk van die ontvoerders uitken. Hy merk op dat hulle in die rigting van die berge, wat in die verte opdoem, beweeg.

"Ek weet dat die gedeelte van die rivier waar die vliegtuig geval het ver hiervandaan is," sê Kui, "maar hier in die plat wêreld kronkel die rivier met groot draaie heen en weer en ook in die rigting van die berge. Nader aan die berge is daar ook 'n woud wat tot hoog teen die berge groei en ek wonder of hulle nie daarheen op pad is nie?"

Teen die middag het die skroeiende son die sand soos gesmelte goud laat blink. Met net klippe en sand om hulle, is die hitte amper meer as wat Alex kan verduur.

"Ons moet ons water spaar," sê Kui terwyl hy net 'n baie klein slukkie uit sy sakkie neem. "Drink net wanneer jy regtig moet, Alex."

Alex is dankbaar vir sy vriend se raad en ook vir sy troue bystand. Hy waardeer dit opreg dat Kui bereid is om al die ontberings te trotseer om hom te help soek na Annika en Lya.

"Dankie, Kui, jy is die beste vriend wat 'n mens kan hê," sê hy.

"Jy is my broer." sê Kui met 'n glimlag terwyl hy sy arm om Alex se skouers gooi. Hulle stap aan deur die versengende hitte.

"Alex, ek is bevrees hier kom vir ons groot probleme!" roep Kui skielik uit. "Sien jy daardie donker wolk daar teen die horison? Dit is 'n sandstorm wat baie gevaarlik is en ook al die spore gaan uitvee, ons moet maar mooi kyk na die rigting wat ons in die afgelope tyd geloop het en 'n kenmerk op die horison kies sodat ons later weer in dieselfde rigting sal kan voortgaan. Miskien is ons dan gelukkig om weer die spoor raak te loop."

Binne 'n paar minute, sonder verdere waarskuwing, word hulle deur die hewige sandstorm omvou. Die sterk wind huil en loei en die sand is verblindend en dwing hulle grond toe. Ngwe kom staan vas teen hulle en Alex probeer haar met sy lyf beskerm teen die sandkorrels wat pynlik teen hulle vasslaan.

"Wanneer gaan dit ophou?" skree Alex, maar die tierende wind waai sy woorde weg en is onhoorbaar. "Ek kry nie meer asem nie!"

Sy mond en neus is toe van die sand en hy probeer desperaat om met sy hemp sy oë te beskerm.

Na wat voel soos 'n ewigheid begin die wind egter bedaar en hulle gewaar weer stukkies blou lug. Hulle grawe hulself moeisaam onder die klein sandduin uit wat om hulle gevorm het. Die wêreld lyk vir hulle vreemd, want die hewige wind het die duine verander. Hulle kan darem, gelukkig, nog die blou bergpiek wat hulle vroeër voor gemik het, uitken.

Die seuns bly vasberade stap in die rigting van die bergpiek. Hulle is bly toe die son heelwat later begin daal en verwelkom die effense koelte. Dit voel vir hulle of hulle lywe uitgedor is en hulle moet weer en weer van hulle kosbare water drink.

Soos die nag naderkom, begin die wispelturige woestyn weer verander en die temperatuur daal opmerklik. Die seuns sit later teen mekaar en Alex hou vir Ngwe teen hom vas vir 'n bietjie gedeelde hitte. Dit is nou doodstil onder die sterrehemel en hulle sit en luister na die geroep van nagdiere terwyl hulle hulle karige aandete geniet. Skielik vlieg Ngwe orent en grom diep in haar borskas. Die seuns ruk soos hulle skrik.

"Wat is dit, Ngwe?" fluister Kui.

In die helder maanlig sien hulle nou die onmiskenbare silhoeët van 'n groot sandadder wat half regop staan, platval en dan vinnig aangeseil kom. Hulle skrik hulle boeglam. Alex vlug handeviervoet terwyl Kui haastig oor klippe en bossies wegrol om weg te kom van die gevaarte af. Gelukkig is die slang ook lugtig vir die onbekende wesens en hy slaan 'n ander koers in. Van slaap is daar nou nie meer sprake nie.

"Ons moet wakker bly, jong. Die woestyn is vol gevare." sê Kui. Die gebrul van leeus is ook nie meer so ver nie en hulle bid, elkeen op sy eie manier, vir 'n beskermende hand oor hulle.

Eindelik breek die dag aan en hulle stap weer verder. Ngwe verdwyn skielik en kom 'n rukkie later met 'n tamaai meerkat in die bek terug.

"Mooi so katte," sê Alex, "nou sal jy nie meer honger hoef te wees nie en miskien kan jy vir ons ook iets te ete vang as dit regtig moet!"

Die seuns is bekommerd oor die eindelose uitgestrektheid van die woestyn en die toenemende hitte. Nog meer so, want hulle water begin nou opraak.

Teen die middag gewaar Kui 'n diep klipskeur.

"Ek gaan kyk of daar nie dalk mos of gras onder in die skeur is nie, sê hy, as daar is, kan ek die sand oopgrawe en kyk of daar nie ondergrondse water opkom nie. Bly jy hier, Alex, en hou die wêreld dop."

Alex gaan sit bo-op 'n rots en kyk met 'n frons na Kui wat in die gevaarlike skeur afklim. Hy sit sy boog en pyle langs hom neer. Hy sien dat Kui begin grawe. Alex se oë rek toe hy sien dat 'n yslike sandadder, onheilspellend, stadig op Kui afpeil en reeds baie naby aan hom is. Soos blits is sy boog in sy hand en hy stuur 'n sissende pyl op die slang af. Die pyl tref die sand langs die slang en toe die slang sy kop optel, tref 'n tweede pyl hom skrams agter sy kop. Die gewonde slang sis, spartel woedend, maar verdwyn vinnig in 'n gat in die skeur se wal toe nog 'n pyl hom laer in sy lyf tref.

Kui se hart bons in sy keel. "Dankie Alex," skree hy, "jy het sekerlik my lewe gered, man!"

Die seuns sien dat die gat wat Kui gegrawe het, wel stadig water inkry en hulle grawe dit gou dieper en groter. Hulle hou ook, deurentyd, die omgewing fyn dop vir slange, skerpioene of ander woestynbewoners.

"Kom ons soek die slang en braai hom." sê Kui met 'n vonkel in sy oog.

Alex frons en gril. "Nee wat jong, baie dankie, maar daarvoor sien ek nie kans nie," sê hy, "ons sal wel later iets anders kry om te eet."

En dit was ook so, want 'n rukkie sien hulle, tussen die duine, 'n volstruisnes. Hulle sien nie die volstruis-mannetjie naby nie en die wyfie wei ook 'n entjie weg. Kui val plat op sy maag. Hy druk graspriete in sy hare en beweeg versigtig, net soos 'n San dit kan doen, nader aan die nes.

Hy sien dat daar baie vars eiers in is en kruip nog nader. Hy weet dat as die volstruise hom gewaar, dit sy einde sal beteken omdat die kanse vir weghardloop net mooi nul is. Volstruise het die vermoë om teen byna sestig kilometer per uur te hardloop en kan met daardie sterk bene en toonnaels enige dier of mens se lyf oopskeur.

Kui strek sy arm uit en rol met sy vingers 'n eier duim vir duim nader. Skielik lig die volstruiswyfie haar kop! Waar Alex versteek is, kan hy maar net hoop dat sy nie sy maat sal raaksien nie. Hy is verlig toe sy haar kop weer laat sak en aangaan om kos te soek.

"Ek het hom!" roep Kui toe hy weer nader kom met die eier in sy hande.

Die eier se dop is nogal hard en hulle kap versigtig met 'n skerp klip 'n gat daarin. Kui druk 'n stokkie in die gat en roer die geel en wit van die eier deurmekaar. Daarna kry elkeen 'n beurt om die eier omhoog te hou en van die inhoud te drink.

"Dit is nogal lekker," sê die honger Alex.

Hy is verbaas omdat hy nooit gedink het dat hy 'n rou eier sou kon inkry nie. Daar is ook oorgenoeg kos in die eier om albei seuns te versadig en met 'n vol maag en 'n dors wat uiteindelik geles is, stap die drie verder.

Die seuns stap moeg, maar steeds vasberade aan. Dit is warm en hulle kele is droog en hulle bene swaar van uitputting. Die moeilike sandduine waardeur hulle dusver gestap het, het geleidelik in 'n meer rotsagtige omgewing verander. Dit is doodstil. Ngwe het 'n tydjie terug verdwyn en Alex vermoed dat sy weer vir haar iets te ete gaan soek het.

Die seuns steek skielik vas – hulle het 'n lae, onheilspellende gegrom gehoor. Kui hou sy kapmes stywer vas en hulle beweeg versigtig agteruit. Maar dit is reeds te laat, want twee hiënas kom van agter 'n tamaai rotswand te voorskyn, hulle geel oë blink aggressief en hulle tande is ontbloot. Hul kwylende bekke weerspieël hulle wrede opset. Dit is duidelik dat hulle gaan aanval.

'n Koue rilling gly langs Alex se ruggraat af. Kui staan reg om hulle met die kapmes te verdedig maar hy weet dat dit nie moontlik gaan wees om die twee grynsende honger diere te keer nie. Die hiënas grom weer en beweeg al nader. Die sand spat toe hulle skielik op die seuns afstorm.

Die seuns steier benoud en met wild kloppende harte agteruit terwyl die diere al grommend en kwylend aanval. Skielik, soos 'n weerligstraal, skiet 'n gespikkelde blits deur die lug. Dit is Ngwe. Sy tref die hiënas op volle spoed en vir 'n paar oomblikke is daar net skeurende naels en dodelike, bytende, slagtande voor die hiënas tjankend en bloeiend die woestyn invlug.

Die seuns val plat op die grond en sug van verligting terwyl Ngwe elkeen se gesig om die beurt papnat lek. Alex kyk op in Ngwe se goue oë. "Ai Ngwe, vandag het jy bewys dat jy die hart en krag van 'n leeu het en ons sal jou ewig dankbaar wees vir jou heldemoed."

Hoofstuk 8

Die plantegroei raak weliger soos hulle aanstap en die seuns kom later, moeg en warm, weer by die wydkronkelende rivier aan.

"O, hoera!" skree Alex. "Nou kan ons weer bietjie afkoel." In 'n japtrap is hulle uit hulle klere en plons juigend in die koel water. Dit skree en lag van plesier en opgewondenheid en die hitte en uitputting van die woestyn is vir die oomblik vergete.

Ngwe bly op die wal staan. Sy dink nie veel van die swemmery nie. Die seuns speel heerlik en uitbundig in die koel water en daar is nie 'n gedagte by hulle aan gevaartes soos krokodille of waterslange nie. Na hulle 'n bietjie meer rustig raak, sien Alex teen die oorkantse rivieroewer, op 'n sandbank, iets wat vir hom na 'n swart boomstomp lyk.

"Kui, sien jy daardie boomstomp daar naby daardie groot rotse?" vra Alex onrustig. "Dit het nou net vir my gelyk of dit beweeg."

"Hiert! laat ons spaander, Kui!" skree hy benoud toe hy die "boomstomp" in die water sien ingly. Hy besef dat dit inderwaarheid nie 'n boomstomp is nie, maar eintlik 'n tamaai krokodil! Soos blits is die twee, klere in die hand, teen die wal uit en hulle sorg dat hulle sover moontlik van die rivier af wegkom.

"Waar daar een is, is daar meer!" mompel Kui terwyl hy sy klere oor sy nat lyf aansukkel. "Ons moet hierdie rivier nie weer vertrou nie, jong!"

Daardie middag teen sononder is hulle, net so warm en uitgeput soos voorheen, op die grens van die woud waarvan Kui voorheen gepraat het. Hulle val plat in die skadu van 'n alleenstaande boom om te rus en 'n bietjie asem te skep. Daar, op hulle rûe, luister hulle senuweeagtig na die gebrul van leeus en die onheilspellende tjank-lag van hiënas. Hulle hou Ngwe se gedrag fyn dop, want hulle weet dat sy hulle vroegtydig teen gevare sal waarsku.

"Ons moet liewer maar buite die woud in 'n boom slaap," stel Kui voor. Hy is maar lugtig vir die onbekende diere en insekte wat ongetwyfeld in die steeds donkerwordende woud skuilhou.

"Ek stem saam, 'n mens is, en bly, maar bang vir die onbekende," sê Alex die dorpseun, wat in die afgelope paar dae so baie gevare moes trotseer en op die harde manier moes leer dat die wêreld maar wreed en ongenaakbaar kan wees. Intussen het die luide gebrul van die leeus ook al nader gekom.

En dan, onverwags, brul 'n kraagmannetjie sommer naby hulle. Die aarde skud van die kragtige stem wat diep uit die leeu se borskas kom.

"Hy waarsku ander leeus om van sy jagveld en van sy kroos af weg te bly," sê Kui, maar hy sien dat hy alleen is want Alex, boeglam geskrik, het reeds die hasepad gekies.

Die seuns is soos blits in die laaghangende takke van 'n enorme ou lombiboom. Hulle klouter soos ratse apies hoog in die takke en sit groot-oog na mekaar en kyk terwyl die leeus, met baljarende welpies, onder die boom verbystap en dan verder die woud instap.

Een van die wyfies het net 'n entjie weggestap toe sy gaan staan, omdraai en met geel-groen katoë in hulle rigting staar. Sy is duidelik agterdogtig. Die seuns sweet van benoudheid, want hulle weet dat as die leeus hulle in die boom gewaar, hulle min kans op oorlewing gaan hê.

En dan, genadiglik, draai die leeuwyfie stadig om en stap agter haar makkers aan.

"Sjoe!" sê Alex, "dit was nogal naby."

Dit is nie te ongemaklik waar hulle in die mik van die enorme ou lombiboom sit nie. Alex het in sy lewe nog nie so 'n boom gesien nie. Die dik stam van die boom word alkant deur breë stutwortels ondersteun wat hoog bokant die grond uitstaan. Die takke is ook breed en gemakliker om op te sit-lê as die bome waaraan hy gewoond is. Daar is rooi en blou bessies aan die boom waaraan die honger outjies proe, maar vinnig uitspoeg toe hulle agterkom hoe galbitter die bessies is.

Die nag kruip nou vinnig nader en dan, in die kortstondige tropiese skemer, begin die eerste sterretjies sag skitter. Die maan is nog nie op nie en dit is later stikdonker. Kui gril toe hy die stories onthou wat ou Oma om die kampvuur vir die San-mense vertel het. Die ou man het die San-kinders nagmerries besorg toe hy hulle vertel het dat die reënwoud die tuiste van 'n geheimsinnige reuse-spinnekop, genaamd die "J'ba fofi", is. Hierdie kolossale spinnekoppe, die lywe waarvan, volgens Oma, so groot word soos die lyf van 'n volstruis, staan op agt harige pote wat hulle byna so hoog soos 'n mens maak.

"Hulle weef enorme webbe wat nie net diere nie, maar ook mense kan vasvang!" het Oma verder aan sy verskrikte, groot-oog gehoor vertel.

Kui sê niks hiervan vir Alex nie, want hy wil hom nie verder onrustig maak nie. Min het hy of die ander San-mense geweet dat die spinnekoppe werklik bestaan en dat hulle al in die ruigtes van die Kongo-woude waargeneem is.

"Hou jou pyl en boog naby, Alex, ons het dit dalk gou nodig," sê Kui terwyl hy Henry se kapmes stywer vashou.

Die seuns is uitgeput en ook geestelik moeg van die dag se wedervaringe. Hulle dut in en raak later, ten spyte van hulle onrustigheid, aan die slaap. Hulle het hulself met stringe lianas aan die breë takke waarop hulle sit, vasgemaak om te verhoed dat hulle in die nag aarde toe tuimel indien hulle aan die slaap sou raak of dalk hulle ewewig verloor.

Net voor dagbreek begin die woud wakker word met 'n magdom van lewe. Honderde voëls kwetter en roep na mekaar, apies skree en raas terwyl hulle van tak tot tak spring. Duisende insekte zoem en gons. Die seuns sukkel weer grond toe en stap dieper die woud binne, Die plantegroei word al hoe meer ruig en die hoë bome vorm later 'n dak oor hulle koppe.

Daar is nou geen teken van 'n voetpad meer nie en ook nie iets anders wat vir hulle die regte rigting kan aanwys nie. Toe hulle agterkom dat hulle in groot sirkels stap, gaan hulle sit en wonder moedeloos of hulle die reis tog maar verniet aangepak het. Waar moet hulle nou begin soek na Annika en Lya en hulle ontvoerders se spore in hierdie ruie oerwoud?

"Siestog, dink hoe alleen en bang die meisies nou moet voel," sê Alex later terwyl klammigheid in sy oë opwel. Hy kyk vinnig eenkant toe sodat Kui nie die traan sien nie. "Iets het in my oog gevlieg," brom hy toe Kui vinnig na hom kyk.

"Ons moet hulle eenvoudig kry!" roep Kui vasberade uit toe hy besef hoe wanhopig Alex voel. "Miskien moet ek in 'n hoë boom klim en kyk of ek nie kan sien waarheen ons moet stap nie," sê hy prakties om Alex se aandag af te trek.

Bo, in die hoogste boom se dunner takke, roep hy 'n rukkie later "Ek sien weer die bergpieke en rivier in die verte tussen die bome blink, Alex, dit is 'n hele ent voor ons. Ek sien ook 'n hoë krans." Hy klouter vinnig grond toe en sluit by sy vriend aan. "Kom ons stap in daardie rigting, ons kan ook nie net hier sit nie."

"Reg so," sê Alex, "ons moet ook ons oë oophou vir vrugte of voëleiers wat eetbaar is, want ek is nou flou van die honger!"

Hulle eerste uitdaging kom toe hulle weer by die rivieroewer uitkom. Die rivier is hier diep, vinnig vloeiend en die waters ondeursigtig troebel wat die onheile wat daarin skuilhou, wegsteek.

"Ons sal die rivier op 'n manier moet oorsteek," sê Kui, "maar hier is nie 'n teken van 'n brug of enige ander manier om anderkant te kom nie." Gedagtig aan die krokodille, hou hy die kapmes waarmee hy die kruipende lianas wat aanhoudend hulle pad versper, afkap, nog stywer vas.

Alex het 'n ent langs die rivier opgestap en het eindelik op 'n groot boom afgekom wat deur stormwind omgewaai is. Dit het skuins oor die rivier geval en die boonste takke het tussen kleiner bome aan die oorkantse oewer grondgevat en daar vasgehaak.

Nadat hy die boom mooi beskou het, roep hy Kui nader. "Kui, dit lyk vir my of die ou boom ons enigste hoop is. As ons versigtig is, kan ons dit dalk gebruik om oor die rivier te kom," sê Alex met 'n frons tussen sy oë. Hy onthou nog te goed dat honger krokodille in die rivier skuilhou.

"Jong, as ons inval gaan die krokodille feesvier," mor Kui, maar besef dat hulle, in werklikheid, nie 'n ander keuse het nie.

Die seuns beweeg stadig nader. Hulle gewaar geen gevaar nie. Ngwe is duidelik onrustig, maar knor nog nie. Die seuns klim op die boomstam en vorder voetjie vir voetjie verder. Hulle balanseer versigtig op die gladde boomstomp en hou aan die takke vas.

Hulle was net mooi halfpad oor die donker water, toe 'n yslike krokodil met 'n woeste sprong uit die water spring en na Kui hap. Die krokodil se kragtige kake klap sentimeters van Kui se been af, toe.

"Help my!" skree Kui en hy kap wild met die kapmes na die monster. Hy probeer met alle mag om sy balans te behou. Alex probeer om hom te help en ook om self regop te bly. Hy slaag byna nie daarin nie. Die skrams hou van die kapmes het die krokodil vir 'n sekonde laat skrik en voor die monster weer kan aanval, hardloop die seuns vinnig oor die gladde takke en spring val-val op die oorkantste wal uit. Hulle weet dat hulle nie daar kan rus nie en hardloop so vinnig hulle kan weg van die rivier af.

Met drie of vier lang spronge seil Ngwe ook oor die gevalle ou boom en sluit by hulle aan.

"Nou ja, ek hoop dit is die laaste keer wat ek weer hierdie rivier hoef aan te pak," sê Alex natgesweet en uitasem.

Intussen snuffel Ngwe op die grond rond. Alex hoor dat sy grom en op die grond krap. Sy kyk ook vraend op na hulle. "Ek wonder of sy nie weer die reuk van die ontvoerders opgetel het nie," sê Alex hoopvol.

"Ja, dit is baie moontlik dat die ontvoerders ook die boom vir 'n brug gebruik het," bespiegel Kui.

Ngwe loop 'n entjie verder en kyk dan om na die seuns asof sy vir hulle wag. Terwyl hulle agter Ngwe aanstap en dieper in die oerwoud inbeweeg, vervaag die gekwetter van die voëls en raak dit onheilspellend stil. Die seuns voel die beklemmende stilte aan en selfs die geritsel van blare klink harder as gewoonlik. Ngwe is ook onrustig en toe hulle die harde gebrul van 'n leeu hoor, is hulle binne sekondes weer hoog in 'n boom. Ngwe verdwyn soos mis voor die son.

Terwyl hulle doodstil in die boom sit, hoor hulle in die verte die gedruis van wat vir hulle na die gerammel van swaar weer klink. "Wat dreun so? Dit klink soos 'n trein," sê-vra Alex.

"Dit klink soos 'n wat? Wat is 'n trein? Dit klink vir my meer na 'n waterval," sê Kui.

Toe hulle niks verder van die leeus hoor of sien nie, klim hulle weer grond toe en stap versigtig in die rigting van die dreungeluid. Dan hoor hulle, onmiskenbaar, die stemme van mense en hulle gewaar kort daarna 'n groepie hutte tussen die bome. Die seuns val plat en kruip versigtig agter 'n gevalle boomstomp in. Hulle kan nog nie mense sien nie, maar die stemme is onmiskenbaar.

"Ek weet hier is mensvreters in die woud, Alex!" fluister Kui sag, "en as ons in hulle hande beland is dit klaarpraat met ons."

Skielik kom daar 'n stem van die hutte se kant af. Vreesbevange druk hulle hul lywe dieper agter die boomstomp in en hou hulle wapens gereed.

"Wat sê hulle, Kui?"

"Ek kan 'n bietjie van hulle taal verstaan," sê Kui, "hulle sê hulle het ons lankal gesien en dat as ons hulle wil kwaad aandoen, sal hulle ons doodmaak."

"Kan ons maar naderkom, ons is verdwaal en ons bedoel nie enige kwaad nie!" roep Kui in sy taal terug.

'n Groepie krygers met spiese en pyle en boë in die hande, verskyn van agter die bome en hou die seuns fyn dop.

"Kom nader!" skree die leier. "Ek is Rietwe. Wie is julle en wat wil julle hê?"

"Ons kom in vrede, Meneer." antwoord Kui.

Na 'n gesprek en oor en weer vrae en antwoorde, vind Kui uit dat die klein mense Pigmieë is en dat hulle die seuns nie kwaad sal aandoen nie. Hulle stap saam met Rietwe en die ander krygers nader aan die hutte. Daar aangekom, is hulle gou omring deur 'n klein skare mans, vroue en die kleinste kinders wat Alex nog gesien het en wat laggend om hulle speel. Hulle word met vis, vrugte en water bedien en die honger wat hulle gedink het nooit weer bevredig sal word nie, word genadiglik gestil.

Nadat Kui hulle nuwe vriende vertel het van Annika en Lya se geheimsinnige verdwyning, vertel Rietwe dat hulle twee dae gelede wel die kwaaddoeners gesien het en dat hulle vasgebinde

74

meisies by hulle gehad het. Kui dra die inligting aan Alex oor en Alex sug van verligting toe hy besef dat hulle tog, al die tyd, op die regte spoor was en dat Annika-hulle werklik nog lewe. Hulle vind ook uit dat die mense wat die meisies ontvoer het van die Ubumuntana stam is. Hulle is mensvreters en woon op 'n geheime plek anderkant die hoë kranse. Die bose mense kom steel gereeld kinders, kos en enigiets wat hulle nodig het by die Pigmieë en daarom is hulle, en veral Kaggam hulle toordokter, die geswore vyande van die klein mense.

"Ek het gehoor dat Kaggam vir die ander sê dat hulle nie die meisie met die goue hare moet seermaak nie omdat hulle haar wil hê om hulle ou koningin, wat oorlede is, te vervang," vertel Rietwe verder. "Ek kan

julle nie genoeg waarsku teen die wrede mense nie, Kui. Hulle noem hulself die kinders van die maan omdat hulle die maan aanbid. Ons voorouers het ook vertel dat hulle `n geheime skatkamer diep binne die berg wegsteek waarin `n fabelagtige skat bewaar word." vul Rietwe met vrees en agting in sy stem, aan.

Kui dra elke keer die nuus aan 'n dankbare Alex oor.

Kui en Alex is, nadat hulle saam met die vriendelike Pigmieë geëet het en 'n bietjie gerus het, haastig om voort te gaan met hulle tog. Op Alex se vraag oor waar die vis vandaan kom, antwoord Rietwe dat die rivier, wat wemel van visse, nie ver van hulle stat af nie, verbyvloei.

"Is julle nie bang vir krokodille nie?" vra Kui terwyl hy dink aan die aggressiewe, altyd honger, reptiele en van hom en Alex se onlangse noue ontkomings.

"Ja, ons is baie bang," sê Rietwe. "Gelukkig is hier baie balsahoutbome in die oerwoud en ons maak vir ons groot en sterk vlotte om in die rivier te gebruik wanneer ons visvang. Ons het dan krygers met spiese op die vlotte wat die krokodille weghou terwyl ons visvang."

Hoofstuk 9

Ngwe het toe, werklik, weer die spoor van die bose mensvreters teëgekom en die seuns stap met meer selfvertroue agter haar aan. Die bome waaronder hulle deurstap, vorm nou 'n hegte koepel oor hulle koppe. Die son se strale skyn net af en toe deur die dik blaregordyn. Voëls en apies, in hulle honderde, kwetter en raas in die takke.

Die dreuning van vallende water raak al harder. Kui moet al hoe meer van sy kapmes gebruik maak om 'n pad deur die weliggroeiende plante oop te kap. Dan gewaar hulle, deur 'n gaping in die blaregordyn en tussen die hoë boomvarings en die rankende lianas, die kenmerkende hoë bergpiek wat vir hulle, vir so 'n lang tyd, 'n mikpunt tydens hulle reis was.

Hulle stap nou doelgerig voort. Die lug raak al mistiger en die dreuning van vallende water is nou byna oorverdowend. En dan, doem 'n magtige krans voor hulle op. Die krans is bedek met mos, weliggroeiende varings, lianas, klein boompies en blommende struike. Tonne water stort met 'n donderende geraas oor die krans na benede. Hulle voel hoe die grond onder hulle voete bewe. Aan die voet van die krans val die watermassa in 'n groot smaraggroen poel en vloei dan oor gladde rotsbanke

verder in die rivier af. Klein vissies spring en dartel in die poel. Die seuns staan in verwondering, betower deur die skoonheid en krag van hierdie versteekte juweel van die natuur.

Ngwe draai om en stap voort op die dowwe spoor wat sy tot nou toe gevolg het. Die groepie volg die byna onsigbare voetpad tot waar dit waarskynlik teen die verweerde rotse van die krans doodloop. Hulle wou net om die rots loop toe Kui skielik doodstil gaan staan.

"Wag 'n bietjie, ons moet eers kyk wat hier aangaan. Hier is sekerlik wagte wat die plek oppas," fluister Kui. Hulle sien dat die dowwe voetpad verder tussen die varingbegroeide krans en half agter die tuimelende waterval deur kronkel. Teen die voet van die krans sien hulle ook klippe wat opmekaar gepak is. Die klippe vorm 'n skerm rondom 'n klein stapel hout, en ook rondom die as van vure wat in die verlede daar gemaak is.

Grootoog loer hulle na mekaar, want hulle weet dat die klippe deur mensehande gepak is en dat hierdie plek in alle waarskynlikheid 'n wagpos is. Die gedruis van die waterval is oorverdowend, maar die seuns spits hulle ore om enige geluid van mense te probeer hoor. Kort op mekaar se hakke glip hulle agter 'n rotswand in en lê dan plat op die grond om die wêreld lank en deeglik te bespied.

Die reuk van vreemde mense is vir Ngwe duidelik waarneembaar en haar gespitste ore en gespanne houding wys dat sy ook onrustig is. Daar is egter nog geen waarskuwende grom uit haar keel nie.

"Wat gaan ons nou doen, Kui?" vra Alex saggies.

"Die as van die vuur is koud, Alex," sê Kui nadenkend, "en ons lê nou al so lank hier sonder om enige mens of beweging te sien. Ons kan ook nie nou omdraai nie en ek voel so aan my bene dat Annika en Lya nie meer te ver is nie. Ek dink dat ons maar versigtig moet voortgaan."

Alex sien ook nie kans om om te draai nie. "Ons moet die meisies ten alle koste terugkry!" sê hy vasberade.

Die seuns kruip agter die waterval oor die nat en glibberige klippe totdat hulle, tot hulle verbasing, sien dat die dowwe voetpad na die bek van 'n grot lei. Die ingang van die grot is byna toegegroei met varings en struike. Daar is steeds geen teken van mense nie en Ngwe wys ook nog geen nuwe tekens van onrustigheid nie. Met vinnig kloppende harte sluip hulle die grot binne.

Hulle sien dat die grot effens verlig word deur sonstrale wat deur klein krake in die rotsagtige dak deurdring. Agter in die grot, versteek in die duister, kom hulle op nog 'n tonnel af. Ook hierdie kleiner tonnel word flou deur die swak sonstrale verlig. Behalwe vir die dreuning van die waterval is dit doodstil in die tonnel en hulle hoor hoe die rotse kraak en klein klippies van tyd tot tyd van die verbrokkelende dak afval. Alex is onrustig oor die verwering wat duidelik in die tonnels se mure en dakke sigbaar is.

"Wanneer gaan die hele spulletjie inmekaar tuimel?" wonder hy hardop.

Dan, om 'n skerp draai in die tonnel, kom hulle op 'n kleiner grot af. Die rotswande van die grot word sag verlig deur fakkels wat teen die mure vasgeheg is. Die standbeelde van die maan, slange en leeus wat by die ingang staan is lewensgetrou onheilspellend maar, wat hulle asem werklik wegslaan, is die gesig dieper in die grot voor hulle.

Teen die mure, op breë klipbanke en selfs op die vloer, skitter letterlik duisende edel- en halfedelgesteentes.

Diamante, robyne, smaragde, ametis- en topaskristalle glinster in skakerings van rooi, groen, pers en goud.

Stalagtiete groei van die dak af en glinster soos bevrore reënboë. In die middel van die grot lê 'n klein poel kristalhelder water, wat die skitterende verskeidenheid kleure weerspieël.

"Kui... droom ons?" fluister Alex sag, sy stem vervul met ontsag.

"Ek dink nie so nie," antwoord Kui en, om te voel of dit nie net 'n droom is nie, steek hy sy hand uit om aan 'n glinsterende smarag te raak. Dit voel koel en stewig onder sy vingers.

"Dit is werklik waar." sê hy.

Die seuns bring 'n lang tyd in die grot deur om alles te verken, en om hulle, keer op keer, te verwonder aan die onbeskryflike prag van die gesteentes.

Later, agter 'n groot rotswand ontdek Kui weer 'n versteekte tonnel wat dieper in die berg verdwyn. Hulle besef dat hulle nou op baie gevaarlike terrein is en dat die skatkamer, in alle waarskynlikheid, deur krygers opgepas word. Waar die wagte tans is, weet hulle nie, maar die seuns is bly dat hulle vir een of ander rede nie daar is nie.

By die ingang van die nuwe tonnel luister hulle weer fyn vir enige verdagte geluid. Hulle bewegings vorentoe is uiters versigtig.

Langs Alex grom Ngwe skielik diep in haar keel.

Dit is heelwat donkerder en stiller in die tonnel as in die grot. "'n Mens het eintlik 'n fakkel nodig om te sien waar jy loop," sê Kui, "maar dit sal net aandag trek. Stap langs die muur sodat jy met jou vingers daaraan kan voel en moenie struikel nie." Sy woorde was egter skaars koud of Alex struikel oor 'n ongelykheid in die vloer en hy val hard op sy knieë.

Hulle val plat op die vloer en vries toe 'n luide stem hulle tot stilstand roep en, binne sekondes, is hulle omring deur fakkeldraende krygers wat hulle vasgryp en teen die grond vasdruk.

"Wie is julle?" vra een van die krygers bars in sy taal.

Die seuns bly doodstil. Hulle hande word summier met toue vasgebind. Die krygers is groot, sterk geboude mense. Hulle gesigte is rooi en wit met donker strepe gekleur en hulle het bene deur hulle neuse. Swaar oorringe hang aan hulle ore. Toe een van hulle grynslag, sien die seuns dat die man se tande tot skerp punte gevyl is. Twee van die krygers tel die seuns hardhandig van die grond af op en dwing hulle met hulle spiese om verder te loop. Van Ngwe is daar geen teken nie en Alex hoop sy bly versteek.

Die duister in die tonnel word eindelik ligter en die seuns sien dat die tonnel in helder sonlig teen die berghang uitmond. Voor hulle oë lê 'n uitgestrekte groen vallei. Teen die hange van die berg en in die vallei is daar 'n boomomringde stat met 'n groot getal grasbedekte, ronde hutte. Rook, afkomstig van baie vure waar kos gemaak word, trek die lug in. Daar is baie mense om die vure wat uitbundig lag en gesels. Tussendeur, hoor hulle die onheilspellende ritmiese geklop van tromme.

Die krygers dwing die seuns teen die berg af tot in 'n oop stuk grond tussen die hutte. Daar is 'n klipaltaar in die middel van hierdie amfiteater gebou en verskeie pale staan in 'n sirkel om die altaar

geplant. Die seuns word ru vorentoe gestamp en hardhandig aan twee pale vasgemaak. Die amfiteater tussen die hutte word vinnig vol mense, klein en groot, wat nuuskierig om die gevangenes saamdrom.

Alex merk dat baie van die volk se tande ook tot skerp punte geveil is. Hy sug angsbevange en voel hoe die koue sweet teen sy ruggraat afrol. Hy wonder weer wat van Ngwe geword het.

Skielik is daar 'n roering in die skare en hy sien dat twee draagbare op die skouers van krygers ingedra word. Op die een draagbaar sit 'n man met 'n hoë hooftooisel en 'n swart mantel om sy lyf. Sy gesig is aaklig rooi, wit en swart geverf en hy het 'n swaar spies in sy hand. Dit is seker Kaggam, die toordokter, dink Alex en hy ril van benoudheid.

Op die ander draagbaar – hy kan sy oë nie glo nie –sit Annika.

Annika lyk pragtig, maar uitgeput en hartseer. Sy dra kleurvolle vloeiende klere. 'n Lang toga hang oor haar silwer rok wat kunstig van syagtige stowwe gemaak is. Die kleur van die rok herinner mens aan die sagte skynsel van die maan. Haar skarlaken gekleurde toga is ook van fyngeweefde natuurlike syagtige vesels gemaak en kunstig bedek met silwer, donker groen en goue borduursels wat die maan en sterre voorstel. 'n Fyn, saggebreide gordel van leer, versier met helder groen krale, omsluit haar middel.

Haar skerppuntige kroon is van koperplaat en koperdrade gemaak en met orgideë versier. Dit vorm 'n ligte, maar treffende hooftooisel. Dit is ook met klein smaragde, donkerblou granate en die veer van 'n jong pou versier. Aan haar arms is breë bande van goud, fyn gegraveer met beelde van die maan, leeus en dreigende kobraslange. Sy dra leersandale wat ryklik versier is met veelkleurige krale en geslypte skulpies aan haar voete.

Annika herken dadelik haar broer en vir Kui, maar maak asof sy hulle nie ken nie. Sy besef dat sy nou 'n rol moet speel en alles in die stryd werp om die seuns te probeer red. Sy beduie vir die krygers om haar neer te sit en spreek die seuns bars in Afrikaans, wat die mense natuurlik nie kan verstaan nie, aan. Sy beduie wild in die lug en slaan met haar sweep na hulle. Die krygers en die skare brom en grom dreigend.

"Dit wil vir my voorkom asof die vrou uiteindelik begin om haar soos 'n koningin van die Ubumuntanas te gedra," gryns Kaggam, in die oor van een van sy priesters.

Annika sê so vinnig as wat sy kan, en so bars as moontlik in Afrikaans aan die seuns dat die mense die maan aanbid en vanaand offers aan die maan sal bring. Daar sal ook 'n groot fees gehou word waartydens hulle, tot in die oggendure, net soos die vorige aand, oormatig sal eet en baie van hulle sterk tuisgemaakte drank sal drink.

"Dit sal die enigste geleentheid wees wat julle sal kan gebruik om te ontsnap," sê sy. "As julle kan wegkom moet julle so gou as moontlik deur die tonnel gaan, want ons het in die afgelope paar dae kort-kort ligte aardskuddings gevoel wat die tonnel kan laat toeval." Die moontlikheid dat die tonnel kan toeval is vir haar 'n diep kommer, want sy weet dat as dit gebeur, dit haar enigste weg na vryheid sal afsny. Die hoë, vertikale kranse wat die vallei omring, maak dit onmoontlik om, anders as deur die tonnel, die buitewêreld te bereik.

"Sterkte, my boetie, dra my liefde aan Mamma en Pappa oor as julle kan wegkom." sê sy.

"Ons gaan jou nie hier agterlaat nie – wees jy net gereed om hier weg te kom!" skree Alex terug terwyl 'n kryger vinnig nader staan om hom 'n oorveeg te gee.

Hoofstuk 10

Teen sononder begin die slawe, onder die klap van hulle base se swepe, hout aandra. Tussen die geplante pale waaraan die seuns vasgemaak is en die klipaltaar waarop 'n groot plat klip lê, word 'n enorme stapel hout gepak. Die slawe dra tamaai hoeveelhede wildsvleis aan. Daar is ook kanne en kanne van die tuisgemaakte drank waaraan die krygers en hulle maats reeds skelm begin proe.

Die seuns het nog nie enige kos of water oor hulle lippe gehad sedert hulle gevangene geneem is nie en hulle is baie honger en dors. Hulle is ook al moeg om op hulle voete te staan en hang aan die toue wat hulle enkels en gewrigte aan die pale vasbind. Hulle het die omgewing al fyn bespied en gesien presies waar die toordokter en die koninklike hutte staan. Daar is gewapende wagte by elkeen se deur en niemand kom by die wagte verby sonder om voorgekeer en skerp ondervra te word nie.

Die seuns voel ook nou en dan ligte aardtrillings onder hulle voete, maar die mense steur hulle klaarblyklik nie veel daaraan nie.

Die mense begin ook nou meer en meer na die amfiteater stroom. Hulle dryf die spot met die gevangenes. Sommige lag en gooi hulle met sand en klippies om hulle te tart. Die seuns het geen keuse nie as om dit alles stil en met strak gesigte te verduur.

Hulle wonder wat van Ngwe geword het. Hulle weet dat die luiperd vir haarself kan sorg en hoop net dat sy vry sal bly en dalk haar pad terug sal vind na die buitewêreld.

Toe dit donker word en die maan bo die hoë bergpieke sigbaar word, word die vure aangesteek. Die ritme van die tromme neem toe en die skare drom saam om die groot vuur. Hulle skree en juig toe Kaggam dansend verskyn en die diere, een na die ander, op die altaar plaas en met sy lang dolk vankant maak. Bloed vloei oor die altaar en hy en die skare skree bloeddorstig. Die maan skyn helder tussen bewegende wolke deur en verlig die aaklige toneel spookagtig.

Die slawe begin om die vleis by kleiner vure te braai en, ten spyte van alles, water die seuns se monde. Daar is ook vrugte, vis en allerlei, vir die seuns onbekende, disse wat aangedra en verorber word. Die drank loop vrylik en almal, insluitende die krygers en wagte lag en gesels. Daar het nou fluitblasers by die tromslaners aangesluit en dan begin die jongmense, en later almal, uitbundig dans en sing.

Die groot vuur wat aanhoudend deur die slawe met takke gevoed word, knetter lustig voort en stuur lang, flikkerende skaduwees oor die dansende kannibale. Die mense se geverfde gesigte blink van sweet en opgewondenheid. Dit is later 'n roes-moes van dansende singende mense.

Wanneer die volmaan in al sy glorie bo die bergpieke hang, word die koningin en haar diensmeisie weer op 'n draagbaar uitgedra. Toe gaan dit eers jolig.

Gebonde en bewend, hou die seuns die gebeure dop, hul asems vlak terwyl hulle oë tussen die dansende figure en die altaar dartel. Elke tromslag, elke wilde gil, stuur rillings deur hulle lywe – want hulle weet dat wanneer die dans sy koorsagtige hoogtepunt bereik, die offers sal begin.

Annika kry, tussen die lawaai deur, die geleentheid om vir die seuns te fluister dat daar eers ander offers sal wees en dat hulle, volgens Kaggam se beplanning, net voor sonop, aan die beurt sal kom wanneer die maan daal. Dan sal die maan, volgens Kaggam, hulle geeste saam met hom neem om hom vir altyd in die hemel te dien. Die ure sleep vir die seuns stadig verby.

Lank na middernag begin die dansers en singende mense minder oproerig raak en geleidelik begin 'n stilte neerdaal.

"Dit lyk my hulle is nou uitgeput, beskonke en rus nou so 'n bietjie." sê Kui.

"Dit is seker net tydelik," sê Alex bekommerd.

Hy sien egter dat baie van die mense, in hulle moeë, benewelde toestand, se koppe begin knik en sommige in hulle hutte verdwyn. Die seuns weet dat as die mense wakker word, dit die begin van hulle einde sal beteken.

"Ons moet nou ten alle koste hier probeer wegkom, Kui!" fluister Alex steeds benoud en beur weer aan die toue om sy gewrigte.

Onverwags voel Alex 'n sagte asem en 'n harige vel teen sy bene skuur terwyl 'n nat tong aan sy hande lek.

"Kan dit wees? Ja, dit is sowaar Ngwe wat in die stilte nader gesluip het!" fluister hy sag vir Kui.

"Kan jy my toue losmaak?" vra Alex sag, maar wetende dat die troue dier hom waarskynlik nie sal verstaan nie.

Dan voel hy tog hoe die dier aan die toue begin knaag en trek en dit was nie lank nie, of hy kon sy een natgelekte hand loswikkel! Daarna kon hy suutjies sy ander hand loskry en ook sy voete. Om vir Kui los te maak het net sekondes geduur. Plat op die grond, Kui vooraan, seil hulle stadig by die slapende wagte verby. Toe hulle by die wagte verby is beweeg hulle, steeds op hulle mae, soos donker skaduwees vorentoe in die rigting van Annika en Lya se hut. Hulle hoor soms die gemompel van die deurwagte en lê dan doodstil totdat hulle weer die wagte se dieper asemhaling hoor.

Eindelik is hulle by die hut waar Annika en Lya aangehou word. Kui begin die gras en modder waarvan die muur gemaak is, versigtig loskrap. Annika, wat nog glad nie kon slaap nie, hoor die sagte geritsel en dan Kui se fluisterstem toe hy haar naam fluister.

"Ek is reg, Kui." fluister sy terug en begin van haar kant af die gat in die muur groter maak. Lya help ook ywerig. Skielik hou die gesnork van die wag by die deur op en die kinders vries.

"Wat gaan aan?" vra hy in sy taal.

Annika hou koelkop en haal harder asem met klein snorkgeluide tussenin. Luisterend maar gerusgestel, raak die wag weer rustig. Hy is seker dat die koningin nog in die hut is en rustig slaap. Gou is hy weer, met sy vol maag en in sy benewelde toestand, in droomland. Nou maak Kui die gat in die muur groter en dit was nie te lank nie of dit is groot genoeg vir Annika en Lya om deur te kruip. Alex juig in sy hart en hou sy suster vir 'n oomblik styf vas. Hulle sluit by Ngwe aan wat in die donker skaduwees wag hou.

Die vier en Ngwe glip daarna geruisloos in die wisselende maanskyn die bosse binne en, met 'n ompad, haas hulle hulle so vinnig as wat hulle kan in die rigting van die ingang van die tonnel.

By die tonnel aangekom, bespied hulle die donker omgewing so goed as wat hulle kan. Hulle bespeur geen fakkel of lig nie. Ngwe knor egter weer saggies. Dan sien hulle, toe die maan weer tussen die wolke deurloer, twee wagte teen die rotswand lê. Weer vries hulle en lê, soos die rotse om hulle, doodstil. Hulle wag geduldig en aanvaar na 'n tydjie dat die wagte in droomland is. Met Kui aan die spits kruip hulle, soos die San-mense hulle geleer het, duim vir duim by die wagte verby.

Skielik sit een van die wagte regop. "Halt! Wie gaan daar?" vra hy bars in sy taal. Ngwe staan op en grom hard en boosaardig. Die wag skrik hom boeglam vir die roofdier wat met glurende geel oë en skerp slagtande in die flou maanskyn verskyn en dreigend nader gesluip kom. Die wag val vinnig terug. Hy roep benoud na sy maat en die twee laat spaander die donkerte in.

"Daar is 'n paar kwaai luiperds tussen die rotse," sê hy, "ons moet skuiling soek totdat hulle weggaan." Hulle klouter vinnig in 'n boom, vergetend dat luiperds net so tuis in die takke van 'n boom is as wat hulle op die grond is.

Reeds in die tonnel, gryp Alex Annika en Lya se hande in syne en die kinders beweeg so vinnig as wat die donker dit toelaat, dieper die tonnel in. Die maan se strale dring nie in die tonnel in nie, maar die wagte het, met tussenposes, brandende fakkels op rotswande geplaas om lig te maak sodat hulle kan sien as iemand deur die tonnel probeer inkom.

Toe hulle by die geheime skatkamer verbyglip, sê Alex sag: "Ek wil net gou hier ingaan om my boog en koker wat ek daar laat val het, te kry."

Hy maak so terwyl die ander haastig, hande teen die muur, aanstap in die rigting van die bek van die grot agter die waterval. Hulle weet hulle is op die regte pad, want hulle hoor die gedruis van die waterval en dat dit geleidelik harder word. En dan kry hulle ook die reuk van vars buitelug!

Alex het sy boog en koker gekry waar hy dit laat val het en sluit gou weer by die ander aan.

Skielik gaan staan Ngwe botstil en tuur na die dak. Dan is daar 'n sterk gerammel onder hulle voete en groter stukke van die grot se dak tuimel grond toe.

"Kom gou, die wagte kan ons dalk nog volg!" roep Annika uit en hulle hardloop so vinnig moontlik na die ingang van die tonnel. Die aarde begin ook nou hewig skud en groot stukke van die dak val met 'n gedruis na onder. Stofwolke slaan oral uit terwyl die skudding sterk toeneem.

"Dit is die aardbewing waarvoor ek gevrees het!" roep Annika vreesbevange uit.

"Hardloop julle!" skree Kui en die kinders hardloop so vinnig as wat hulle kan deur die tonnel. Agter en voor hulle val stukke van die dak en die tonnelmure aarde toe.

Dan is hulle, hygend na asem, vol stof, maar ongedeerd buite en hulle sien, in die maanskyn, die varingversteekte paadjie na onder. In hulle haas om weg te kom, draf hulle, ten spyte van die gevaar van struikel of verstuite enkels, so vinnig moontlik teen die berghang af.

"Ons moet sover as moontlik van die krans af wegkom!" skree Annika weer, "Die grondstorting gaan ons begrawe."

Haar woorde was skaars koud of die oorhangende krans breek weg en val met 'n donderende gedreun oor die bek van die tonnel. Dit reën skielik klippe, grond en stof om hulle terwyl die grondstorting teen die berg afgly. Die kinders hou hulle hande oor hulle koppe en vlug om 'n draai en onder 'n effense oorhang in. Die stortvloed jaag by hulle verby.

Toe alles eindelik tot ruste kom en die wolke stof weggewaai het, kon die kinders in die vroeë dagbreek sien dat die hele krans weggebreek het en dat die opening, waar die tonnel was, onherroeplik begrawe is onder tonne rotse en grond. Die waterval loop nou ook heeltemal anders en van die paadjie boontoe, is daar geen teken meer nie. Hulle kan sien dat alles vir ewig onder miljoene tonne klippe en aarde toegepak lê.

Die kinders hoor weer stemme en hulle sien dat die Pigmieë nader gedraf kom. Hulle het die aardbewing gevoel en gehoor en loop nou koes-koes tussen die nuwe groot rotse deur. Hulle lag, juig en omhels die kinders.

"Ons is so bly om julle en vir Ngwe te sien!" roep die klein mense, "Ons het gedink dat ons julle nooit weer sal sien nie."

"Ons en ons kinders se kinders sal altyd dankbaar wees dat julle die wrede Ubumuntanas vir ewig in hulle vesting vasgepen het. Ons is nou vir die eerste keer in baie jare weer veilig! Ons gaan vanaand tot julle eer 'n groot fees hou om ons dankbaarheid te betuig," lag Rietwe.

Kui dra Rietwe se boodskap aan die ander oor. Hulle glimlag van oor tot oor.

Die kinders is net so dankbaar om, vir die eerste keer in 'n baie lang tyd, weer bymekaar te wees en veilig tussen vriende te kan rus. Alex is ook uiters dankbaar dat hulle ook, eindelik, weer hulle leë mae sal kan vul.

Later gesels Kui en Rietwe lank en ernstig en Kui glimlag toe hy weer by die kinders aansluit. "Rietwe sê ons kan een van hulle sterk vlotte kry om met die rivier terug te vaar na die omgewing waar ons woon," vertel hy. "Dan hoef ons nie weer deur die droë, gevaarlike woestyn te stap nie. Die rivier is gelukkig nou vol en behoort ons maklik oor die stroomversnellings te dra."

Na 'n welverdiende nagrus is die kinders vroeg die volgende oggend op die been. Ngwe het verdwyn om vir haar ontbyt te gaan soek. Die breë vlot wat Rietwe aan hulle skenk, word met water, kos, spiese en, natuurlik, hulle eie wapens gelaai. Die dubbelslag kruis – en dwarsleggende balsahoutstompe waarvan die vlot gemaak is, laat die platform bo die water uitstaan. Bo-oor die balsahoutstompe is daar 'n laag riete vasgemaak om 'n stewige vloer te vorm. Die hele struktuur is met sterk lianaranke en dun, soepel gevlegte latte wat van bome, wat soos wilgerbome lyk, aanmekaar geheg.

Dit is met swaar harte dat die kinders afskeid neem van hulle vriendelike, gasvrye oerwoudvriende. Hulle sien egter ook baie daarna uit om hulle terugtog aan te pak en om weer by hulle eie families aan te sluit. Dit maak die afskeid vir hulle makliker.

Met die hulp van Rietwe en sy mense word die vlot en sy vrag die rivier ingestoot. Die sterk stroom gryp dit dadelik en hulle vaar maklik oor die water terwyl Kui en Alex met plat spane die vlot na die middel van die rivier roei en daar hou.

"Vaarwel Kaggam, Ubumuntanas en die oerwoud!" skree Annika. Sy is dankbaar om weer by haar broer en by Kui te wees en ook om vry te wees om te gaan en te doen wat sy wil.

"Dit is glad nie lekker om 'n koningin te wees nie," sê sy en probeer om die vrees wat sy vir soveel dae moes deurmaak, te vergeet.

Hoofstuk 11

Die rivier voer hulle vinnig van die gevare van die oerwoud af weg. Hulle verligting is ongelukkig van korte duur, want die stroom word na 'n rukkie al sterker en die water al hoe meer onstuimig. Voor hulle is die kabbelende water wit soos dit oor rotse spoel en hulle vaar spoedig 'n hele reeks sterk stroomversnellings binne.

"Hou vas!" skree Kui en hulle gryp die rand van die vlot vas toe dit gevaarlik rondomtalie en dan na regs kantel.

Die vlot draai weer in die rondte en bots teen die rotse terwyl die stroomversnellings hulle met geweld rondgooi. Hulle hou vir lewe en dood aan mekaar, aan Ngwe en aan die kante van die vlot vas. Hulle begin vrees dat die malende rivier die vlot uitmekaar gaan ruk. Annika dink moedeloos dat dit ironies sal wees as hulle al die onlangse gevare kon oorleef, maar nou in die omgekrapte rivier moet omkom.

Na wat vir hulle soos ure voel, begin hulle agterkom dat die water rustiger raak en hulle vaar geleidelik 'n dieper vloeiende gedeelte van die rivier binne. Al vier sug van verligting en sak uitgeput op die rietvloer neer.

"Die vlot is sterker as wat ek gedink het en ons het dit sowaar gemaak!" juig Kui, terwyl sy stem nog hees is van die vrees wat hulle pas deurgemaak het.

"Ek hoop nie daar is nog sulke wrede stroomversnellings vorentoe nie," brom Alex. Sy gewrigte is seer soos hy gebeur het om met die spane die vlot van die growwe riverwalle af weg te hou.

Die kinders ontspan geleidelik weer en kry die geleentheid om hulle dors te les en van die vrugte wat hulle saamgebring het en wat hulle kon red, te eet. Hulle vertel vir Annika en vir Lya van al die drama wat hulle deurgemaak het op die pad om na hulle te soek.

"Jou slim plan om jou armbandjie te laat val was die deurbraak," sê Alex. "As dit nie vir daardie rigtingwyser was nie, sou ons nooit geweet het watter rigting ons moes inslaan om julle te soek nie."

Op hulle beurt vertel Annika en Lya ook van hulle ontberings en die vrees wat hulle deurentyd moes deurmaak. "Dit was 'n nagmerrie wat ek liewer wil vergeet," sê Annika met siddering.

"Ons is julle brawe manne baie dankbaar," voeg Lya by.

Maar die kinders se rustigheid was weer van korte duur. Uit die skaduwee van die lae kranse langs die rivier, plons daar skielik iets in die water. Annika se oë rek groot. "Krokodil," fluister sy en gryp na een van die spiese.

'n Massiewe krokodil glip die water in. Net sy oë is bo die oppervlak van die water sigbaar terwyl sy stert hom met kragtige hale voortdryf. "Ons moet dit afskrik!" skree Kui terwyl hy teen die wateroppervlak met sy spaan slaan.

Alex en Annika gryp die enigste oorblywende spiese wat hulle by Rietwe gekry het en steek na die krokodil toe dit naby genoeg kom. Hulle steek die krokodil raak en weer en dan weer. Daar is later bloed in die water wat ander krokodille lok. Die bloeddorstige krokodille val hulle gewonde maat aan en die water spat in alle rigtings soos die oerdiere woes met mekaar baklei.

Die kinders gebruik dankbaar die geleentheid om te ontsnap en roei met koorsagtige haas met spane en hande vir al wat hulle werd is om weg te kom. Die stroom dra hulle ook vinnig verder die rivier af.

Die kinders lê later moeg op hulle hande terwyl Ngwe onrustig die donker waters dophou. "Ai tog, ons beskerm-engel werk vandag weer, soos altyd, oortyd!" sê Alex terwyl hy vinnig opspring om die vlot met die spaan van 'n rotswal weg te druk.

Daar is steeds krokodille op die sandbanke te sien en ook baie seekoeie. "Hulle is ook gevaarlike diere – bly maar sover moontlik van hulle af weg," sê Kui. "Dit is veral wanneer hulle kleintjies het dat hulle aggressief raak en mens en dier sonder waarskuwing aanval."

Na 'n onrustige nag, teen laat middag die volgende dag, sien hulle uiteindelik 'n bekende gedeelte van die rivier.

"Ek is seker ons is nou nie meer ver van ons omgewing af nie!" sê Kui nadenkend.

Hulle is nou die ene oë en, vol verwagting, bly hulle bekende gedeeltes van die rivier raaksien en aan mekaar uitwys. Hulle is oorstelp van vreugde en verligting toe hulle ook die vliegtuig, wat nog steeds op die groot sandbank staan, raaksien.

"Hoera! Ons is amper tuis!" skree almal gelyk.

Hulle stuur die vlot tussen die klippe en riete deur na die groot sandbank waar die vliegtuig rus en spring vinnig af toe hulle hoor dat die vlot se bodem oor die sand skuur. Hulle sleep die vlot sover as wat hulle kan teen die sandwal uit en draf dan in die rigting van die San-mense se kamp.

Nyada, Kui se ma, is die eerste wat hulle vanuit die kamp raaksien en sy skree en gil opgewonde. "Hulle is almal terug!" skree sy.

Die kinders is gou omring deur 'n klein skare wat hulle welkom heet. Hulle word laggend en singend verder tot in die kamp vergesel. Daar is trane in Richelle se oë – die keer van blydskap en dankbaarheid om haar kinders weer te sien. Henry het sy arms om hulle albei gegooi en styf vasgedruk. Hy dank die goeie Vader vir Sy liefde en genade.

Kou'ke en Nyada is ook oorstelp van vreugde om hulle kinders te sien.

"Ons was so bekommerd oor julle – ons het nie geweet wat om te doen of te verwag nie, sê Richelle. "Toe die dae so sonder nuus verbygaan, het ons begin dink dat die ergste met julle gebeur het."

"Ons voorvaders het ons ook gewaarsku dat julle in groot gevaar is," sê Oma, die San-mense se wyse ou grootvader. "Maar hulle het in my hart gesê dat ons julle weer sal sien."

Daardie aand om die kampvuur, moes die kinders in fyn besonderhede alles vertel van wat met hulle gebeur het. Die mense luister sprakeloos en verwonderend na die kinders se vertelling. Die kinders vul mekaar kort-kort aan. Nou en dan is daar 'n uitroep van skok, verbasing of verontwaardiging van die luisteraars soos die storie ontvou. Die San-mense het, tot die ergernis van die wilde diere in die omgewing, daardie nag onder die sterre gedans, gesing en handegeklap tot baie laat. Die kinders kon tog, uiteindelik, rustig en in veiligheid hulle oë toemaak vir 'n welverdiende ruskans.

Hoofstuk 12

Die kinders is bly en dankbaar dat Omo se medisyne Henry se been nou byna gesond gemaak het en hy loop net effens mank.

Die volgend oggend vertel Henry vir Alex en vir Kui dat hy weer by die vliegtuig was en dat daar eintlik min skade daaraan is. Hy vertel dat hy al die vleis en vere van die wilde eende, wat die lugtoevoerkanale na albei motors verstop het, kon verwyder. Na 'n deeglike skoonmaak-proses het hy gevind dat daar geen skade aan die lugkanale of aan die interne meganisme van die motors is nie. Die vloei van lug en suurstof na die motors kan, gevolglik, nou weer normaal plaasvind. Die brandstoftenks is gelukkig ook ongedeerd en hy is seker dat daar nog genoeg brandstof in is om Gaborone te bereik.

Tydens die noodlanding het die vliegtuig se enjins stilgestaan en is daar, wonder bo wonder, geen skade aan die vliegtuig se aandrywingskroewe nie. Henry vertel ook dat hy die motors kortstondig aan die gang kon kry en dat hulle gesond klink. Die hidroliese stelsel kan, gevolglik, nou weer drukking opbou en die wiele en flappe kan weer werk. Ten spyte daarvan dat hy die radio se kragdrade versigtig nagegaan het en seker gemaak het dat al die koppelinge vas is, het hy gevind dat die radio steeds onbruikbaar is. Die enigste ander kommerwekkende probleem, is dat een van die vliegtuig se wiele beskadig is. Henry het die riviersand met die hulp van die San-mense onder die vliegtuig se buik uitgegrawe en kon sien dat die wiel se as onherstelbaar gebreek is. Die struktuur waaraan die wiel gemonteer is, is egter nog in 'n bruikbare toestand.

"Ons het ongelukkig nou geen keuse meer nie as om maar deur die woestyn te stap met die hoop dat ons êrens op mense sal afkom," sê hy. "As ons woestynbewoners êrens kan vind wat ons kan help om 'n dorp of 'n plaas te bereik, kan ons dalk van daar af, deur middel van radioverbinding, met die buitewêreld in verbinding tree."

Ek hoop net dat my been die reis sal kan hanteer, dink hy.

Dit is maar 'n moedelose Pretorius-gesin wat daardie aand onder hulle velkomberse inkruip. Hulle wil dit nie so duidelik aan mekaar stel nie, maar hulle weet dat hulle kanse om by menslike hulp uit te kom in hierdie onbewoonde, gevaarlike wêrelddeel, maar skraal is.

Daardie nag worstel Alex rusteloos met die probleem. "Wat op die aarde kan ons doen?" vra hy homself af. "Is daar dalk alternatiewe moontlikhede wat mens kan oorweeg?"

Hy onthou dat sy oupa Alex, na wie hy vernoem is, altyd gesê het dat geen probleem onoorkombaar is nie. "As mens nie bo-oor kan kom nie gaan jy langsaan verby of jy gaan onderdeur of jy gaan dwarsdeur, maar daar is altyd alternatiewe," het hy gesê.

Skielik kom 'n waaghalsige plan by Alex op en, hoe meer hy daaraan dink, hoe meer dink hy dat dit net moontlik kan werk.

Die volgende oggend is hy vroeg in sy ouers se hut. "Pappa, jy het gesê dat die vliegtuig nie baie beskadig is nie en dat ons grootste probleem is dat die vliegtuig se wiel gebreek het. Maar, watter alternatief is daar om die vliegtuig te laat beweeg?"

Henry kyk sy seun skepties aan. "Wat het jy in gedagte, ou seun?' vra hy.

"Pappa, ons het by die Pigmieë 'n vlot gekry wat van sterk balsahout gemaak is. Die hout is lig en amper onsinkbaar. As ons die vliegtuig se wiel onderaan die neus en ook die ander twee wiele onder die buik van die vliegtuig afhaal en dan van die dikker balsahoutsparre mooi soos bote sny en pasmaak, kan ons die balsahoutsparre stewig aan die vliegtuig se wielstrukture vasmaak. Dit behoort die vliegtuig soos 'n vlot op die water te laat dryf. As ons dit kan regkry, en die enjins se volle krag is beskikbaar, sal mens dalk die vliegtuig kan laat opstyg. Die rivier vloei ook op die oomblik vol en baie sterk wat ook sal help om die spoed te vermeerder," redeneer Alex verder.

Henry kyk sy seun lank met 'n frons, maar later meer belangstellend aan.

"Weet jy, dit kan miskien werk, Alex. Ek het nou die dag 'n ent teen die rivier afgestap en daar is sterk stroomversnellings en ook 'n klein waterval verder rivier af. As ons die vliegtuig so lig as moontlik maak en as die balsahoutsparre en hulle verbindings hou, kan ons dalk in die lug kom.

Richelle luister na die gesprek met groot oë. "Wat as ..." begin sy teenstribbel. Sy bedink haarself egter vinnig. "Ons het werklik geen ander keuse as om die plan te probeer uitvoer nie," sê sy, "ons kan eenvoudig nie vir altyd hier bly nie. Ons, of die San-mense, het geen idee van waar 'n dorp of ander beskawing gevind kan word nie. 'n Staptog deur die woestyn hou baie gevare in en ons sal waarskynlik nie almal deurkom nie." Sy sidder as sy dink aan die sandduine en die verskriklike woestynhitte en ook die wilde diere, waarteen hulle nie werklik enige verweer het nie.

Toe hulle die nuwe plan met Omo, Kou'ke en Kui bespreek, was die manne se kopskuddende reaksie een van twyfel en ongeloof. Maar die entoesiasme van die Pretoriuse oortuig hulle later en hulle begin saam dink en beplan.

"Vliegman, ons maak baie sterk toue waarmee ons groot diere soos elande vang." sê Kou'ke. "Ons sny en brei toue van elandvel. Ons versterk dit met lianas en bobbejaantoue wat ons langs die rivier vind. Ons weef ook taai drade wat ons van garingbome af kry, in."

"Sal die toue sterk genoeg wees om die balsahoutsparre aanmekaar te hou en aan die onderstel vas te hou?" wonder Henry. Hy het gesien dat die staalstruktuur wat die wiele dra, sterk is. Ook dat die staalraamwerk genoeg plek het om die sparre stewig vas te heg.

Hy sidder as hy aan die gevolge vir sy gesin dink as die sparre sou breek of loskom.

Almal is in verwondering toe hulle van die plan hoor, maar spring later in om die materiale wat nodig is, te soek en bymekaar te kry. Kou'ke, Kui, Oma en die ander manne begin dadelik op kundige wyse die toue te brei, te vleg en te versterk. Ander manne en vroue help intussen vir Henry en Alex om die vliegtuig uit die sand te lig, dit te stut en die vliegtuig se wiele af te haal. Gelukkig is daar bruikbare gereedskap, wat in die vliegtuig se buik gehou word, beskikbaar. Die toerusting is juis vir ongelukke en noodgevalle bedoel en is standaard toerusting in die meeste vliegtuie.

Die volgende oggend word die taak aangepak om die balsahoutsparre te sny, te skuur en so te vorm dat hulle bootvormig is en stewig aan die onderstel van die vliegtuig vasgeheg kan word. Die bootvormige vlotte staan aan die voorkant effens hoër en is soos bote, voor skerpgemaak om makliker deur die water te klief.

"Wel, ons is klaar." sê Henry laat die middag. "Nou is dit deurdruk en hoop vir die beste."

"Dit gaan werk, Pappa. Ek voel dit so aan my bene," lag Alex. Richelle en Annika se glimlagte is 'n bietjie stram, maar hulle is ook vasberade om met die plan deur te druk.

Hoofstuk 13

Hulle neem die volgende oggend swaar afskeid van die vriende wat hulle gemaak het en wat hulle so gasvry ontvang het. "Ons sal julle hopelik weer sien," sê Richelle vir Nyada en die ander San-mense terwyl daar met 'n handdruk of `n drukkie van elkeen afskeid geneem word.

Ngwe staan tussen Kui en Lya en Kui se hand rus op die luiperd se kop. Annika, diereliefhebber wat sy is, weet dat sy Ngwe baie sal mis, maar besef dat die jong luiperd nie op enige ander plek as in hierdie uitgestrekte wêreld sal aard nie. Dit is haar tuiste en sy is gelukkig daar. Annika en Alex gee die dier wat so baie vir hulle beteken het vir oulaas 'n stywe druk en 'n soen. Ngwe lek elkeen se gesig, om die beurt herhaaldelik, papnat.

Daarna klim hulle in die vliegtuig en Henry kry die enjins aan die gang. Hy laat hulle 'n tydjie luier om goed warm te word. Dan sleep die San-mense die vliegtuig met toue tot in die water en, die vliegtuig, wat kaal gestroop is van alles wat afgehaal of uitgehaal kan word, begin dryf!

Henry slaak 'n sug van verligting en Richelle en die kinders lag en juig van dankbaarheid. Deur die enjins en kontrole behendig te gebruik, stuur Henry die vliegtuig tot waar die stroom dit gryp en rivier af begin dra. Toe die vliegtuig se neus in die regte rigting staan, laat Henry die enjins kragtig dreun en die vliegtuig tel vinnig spoed op. Omdat hulle stroomaf beweeg, is daar nie veel golwe nie en ook nie te veel druk op die vlotte nie.

Richelle sien dat daar sweet op haar man se voorkop uitslaan. Die vliegtuig se spoed vermeerder nog meer, maar nog nie genoeg om op te styg nie. Die spanning in die kajuit begin hoog loop en elkeen prewel 'n sagte gebed.

Henry maak die motors vol oop. Dit is nou reg of weg, dink hy. Die enjins se dreuning is oorverdowend en die vliegtuig se krag druk die passasiers in hulle stoele vas. Die balsahoutvlotte onder hulle se voorpunte lig effens en begin dan oor die water gly.

Skielik is hulle by die waterval en die vliegtuig se momentum dra hulle oor die hang. Die vliegtuig sak gevaarlik na onder. En dan, wonder bo wonder, begin die vliegtuig se malende skroewe vasbyt in die mistigheid en die vliegtuig begin geleidelik styg. Henry slaak 'n sug van verligting en vee die sweet vinnig uit sy oë. As gevolg van die vlotte onderaan, wen die vliegtuig stadiger as gewoonlik hoogte, maar daar is oorgenoeg krag om hulle in die lug te hou. Na 'n kort rukkie verdwyn die rivier agter hulle rûe.

"Ag wat, dit was sommer maklik," sê Henry met 'n skelm glimlag om sy mondhoeke. Die kinders juig en bars uit van die lag.

"Amen!" sê Richelle.

"Die blou swaeltjie is weer in sy element," lag Annika toe hulle oor die duine en oor hoë bome vlieg.

"Die enjins klink gesond en sterk, Pappa!" roep Alex en glimlag van oor tot oor.

Toe hulle later weer bo die aanloopbaan by Gaborone vlieg, sien hulle dat die aanloopbaan heeltemal leeg is. Hulle kan nie radioverbinding met die lughawe se personeel maak nie en Henry besluit om maar te land en te hoop vir die beste.

Die man in die beheertoring sien die vliegtuig toe dit deur die wolke breek en hy gryp haastig na sy mikrofoon. "There is an unknown aircraft coming in!" sê hy. "It looks like it is in trouble and I can't raise it on the radio. All emergency personnel, man the ambulances and the firetruck and stand by to assist, please."

Henry is bekommerd dat die vlotte onderaan die vliegtuig sal afbreek as hulle land, maar hy weet dat daar, weer eens, nie 'n keuse is nie. Na hy 'n paar keer oor die geboue gedraai het om die grondpersoneel en die mediese dienste te waarsku, bring hy die vliegtuig geleidelik en versigtig in.

Die vlotte hou toe hulle die grond raak, maar begin verbrokkel toe hulle teen 'n hoë spoed oor die gras gly. Skielik breek beide vlotte onder die buik af en die vliegtuig steek vas en tol dan met geweld 'n paar keer in die rondte. Gelukkig bly dit regop en kom in 'n stofwolk langs die aanloopbaan tot stilstand. 'n Doodse stilte heers. Wit geskrik en bang vir brand, klim almal vinnig uit en spring grond toe. Die lughawepersoneel, brandweer en 'n ambulans is dadelik by om hulle by te staan en, toe hulle sien dat daar geen beserings is nie, help hulle die Pretoriuse om in die lughawegebou te kom.

Die moedige blou swaeltjie het, weer eens, nie te veel skade opgedoen nie en Alex glo dat hy na herstelwerk, weer kan doen waarvoor hy gebou is.

"Dankie swaeltjie, ons het ons lewens aan jou krag en jou moedigheid te danke!" sê hy sag.

Hoofstuk 14

Die volgende oggend, na 'n nag in 'n plaaslike hotel, is die Pretoriuse weer in die lug met 'n nuwe gehuurde vliegtuig en op pad na Kaapstad. Die weer in die Kaap is wolkloos en rustig en die reis is sonder voorval gou agter die rug. Nadat hulle veilig geland het en al die formaliteite by die lughawe afgehandel het, kon hulle in die pad spring huis toe.

Dit was ook nie te lank nie of hulle is tuis en kon hulle vir die eerste keer weer behoorlik ontspan en terugdink aan die avontuur wat hulle nooit sal vergeet nie. "Wel, hier is ons weer tuis sonder dat ek my navorsing afgehandel het. Dit beteken dat ek een of ander tyd weer Botswana en Namibië toe sal moet gaan. Wie wil saamgaan?" vra Henry.

"Ons almal!" kom dit in 'n koor.

"Ek wil net nie weer 'n koningin word nie, asseblief." sê Annika.

"Ons sal dit en die ongediertes probeer vermy," sê Alex met 'n breë glimlag.

"Ons sal net weer moet spaar om geld vir nog 'n avontuur bymekaar te kry," sê Richelle en Henry knik sy kop instemmend.

"Nee wat!" glimlag Alex en sy oë blink ondeund. "Kyk net wat ek vir ons saamgebring het!" roep hy en hy gaan haal sy pylkoker. Hy skud die koker op die tafel uit. Voor hulle oë sien hulle hoe 'n stroom van glinsterende diamante, robyne en saffiere op die tafel uitval ...

www.ingramcontent.com/pod-product-compliance
Lightning Source LLC
Chambersburg PA
CBHW051303170626
46809CB00004B/1765